震災の混亂に乘じ
鮮人の行つた兇暴
碓氷峠の上から
列車爆破を企つ
不逞鮮人の自白
ccce.web.fc2.com
4日前

나는 개새끼로소이다

하늘을 보고 짖는
달을 보고 짖는
보잘것없는 나는
개새끼로소이다

높은 양반의 가랑이에서
뜨거운 것이 쏟아져
내가 목욕할 때
나도 그의 다리에다
뜨거운 물줄기를 뿜어대는

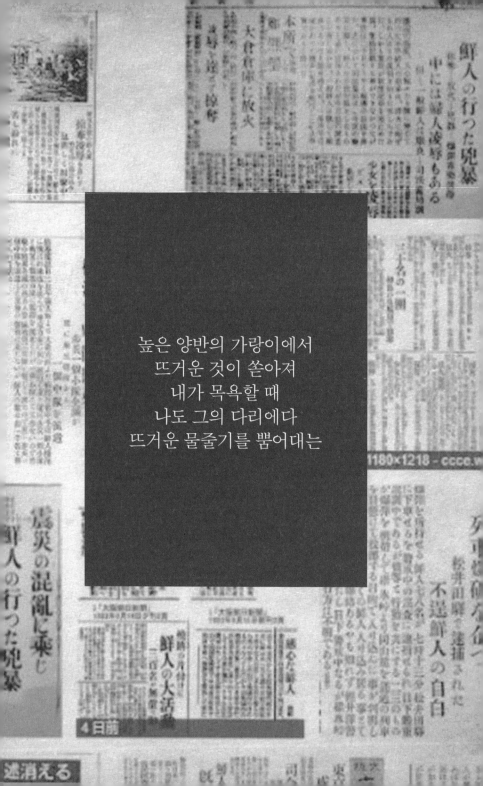

나는 개새끼로소이다

아나키스트

박 열

아나키스트 박열

2017년 6월 16일 초판 1쇄 인쇄
2017년 6월 23일 초판 1쇄 발행

지은이 | 손승휘
펴낸이 | 이춘원
펴낸곳 | 책이있는마을
편　집 | 이경미
디자인 | 고　니
마케팅 | 강영길

주 소 | 경기도 고양시 일산동구 무궁화로120번길 40-14 (정발산동)
전 화 | (031) 911-8017
팩 스 | (031) 911-8018
등록일 | 1997년 12월 26일
등록번호 | 제10-1532호
이메일 | bookvillagekr@hanmail.net

잘못된 책은 구입하신 서점에서 교환해 드립니다.
ISBN 978-89-5639-282-0 03810

이 도서의 국립중앙도서관 출판예정도서목록(CIP)은 서지정보유통지원시스템 홈페이지(http://seoji.nl.go.kr)와 국가자료공동목록시스템(http://www.nl.go.kr/kolisnet)에서 이용하실 수 있습니다.
(CIP제어번호: CIP2017013467)

손승휘 장편소설

아나키스트 박열

책이있는마을

■

차례

■

프롤로그

지바의 역사를 벗어나 습하고 뜨거운 바람이 부는 벌판을 걸었다. 어디선가 까마귀가 울고 가끔씩 빗방울이 스쳤다. 행운처럼 소나기가 쏟아진다 해도 더위는 가시지 않을 것만 같은 8월의 한가운데였다.

멀리 형무소의 회색빛 건물이 보였다. 육중한 담장에 비해서 너무 작게만 보이는 철문 두 개. 그 앞을 소총을 멘 경찰이 서성거리고 있었다.

나는 경찰에게 신분증을 보이고 두 개의 문 중에서 하나로 들어섰다. 들어가는 문과 나오는 문-작은 철문은 절대로 열리지 않을 것처럼 생겼지만-어느 때는 지금처럼 손쉽게 열리기도 한다.

그늘진 낭하를 건너서 뙤약볕의 마당으로 나서자 웃통을 벗은 죄수들이 자갈을 고르고 있는 모습이 보였다. 지키고 선 간수들도 삽과 호미를 든 죄수들도 땀을 흘리며 자기 일에 열중할 뿐 엄숙한 침묵을 지키고 있었다.

102번 면회. 나는 아주 잠깐 어디서 흘러나오는 소리인지 구분하지 못하고 두리번거렸다. 형무소 면회라면 매주 특별면회와 일반면회를 수도 없이 다니는 변호사가 확성기의 존재를 잊는다는 건 바보 같은 일이다.

나는 들고 있던 양복저고리를 입고 넥타이를 고쳐 맨 다음 쓰고 있던 중절모를 벗어 들고 예의를 갖추었다.

면회실은 언제나처럼 퀴퀴한 냄새가 났다. 한여름이 아니더라도 습기가 가득하고 어디선가 죽은 새앙쥐의 지린내가 스며들어 있다.

등 뒤에서 면회실의 문이 닫히자 격자 건너편의 문이 열리고 비쩍 말라서 뼈마디가 굵게 툭툭 불거진 102번이 들어와 내 앞에 앉았다.

간수는 한쪽에 앉아서 노트를 펼치고 기록할 준비를 했다. 우리가 마주 앉아서 한마디도 나누지 않자 이상한 눈으로 힐끗힐끗 쳐다보기 시작했다.

나는 102번 죄수에게 아무 이야기도 해줄 것이 없었다. 아마 그 역시 내게 해주고 싶은 말이 없을 것이다.

우리는 다만, 서로의 눈을 바라보면서 지나간 시간을 기억해내고 있을 뿐이다. 우리는 너무 오래 지루하게 싸웠고 상처받고 실망하고 비통해했지만, 막상 싸움의 끝에 서서는 이제 어느 누구도 승리를 가져가지 못했다는 것을 깨달아야 했다.

우리는 더 이상 화를 내거나 슬퍼하지 않을 수 있었다. 그래서 우리는 다만, 서로의 눈을 바라보며 확인할 뿐이다.

어떤 결과가 나올 것인지는 이미 오래전에-처음 사건이 일어난 날부터-예감하고 있었다. 목표는 정해져 있고 그 목표를 향해 모두가 치달은 지난 시간들이었다. 모두가 같은 방향으로 달렸다는 건 가해자도 피해자도 뜻이 같다는 뜻이고, 양쪽이 같은 목표를 향해 뛰었다는 것이 정말로 아이러니하다.

죽이고자 하는 원고와 죽겠다고 하는 두 피고인의 손익계산 사이에 내가 끼어들 자리는 애초부터 없었다. 그래서 나는 두 세력이 서로 원하는 방향으로 나아가는 길에 장애물이나 치우는 무력한 제3자가 되어버리고 말았다. 그러면서도 끝내 미련을 버리지 못하고 양쪽 모두에게 항의하고 설득하는 시간들이 나를 지치게 했다.

그리고 이제 내 뜻과는 상관없이 양쪽은 서로가 원하는 결론에 도달했다.

죽이고자 하는 자들은 주장했다.

'너희는 사회공동체에 위해를 가하고 반역을 꾀하기 때문에 우리는 너희를 처벌할 수밖에 없다.'

그들은 역시 간토대지진의 조선인 학살을 불량한 조선인들 탓으로 돌리기 위해서 피고인들을 천황 암살 음모의 주동자들로 몰아붙

였다.

그런데 천황 암살 음모의 주범으로 지목된 피고들은 살고자 음모를 부인하는 것이 아니었다. 목숨을 던지고 달려들었다.

'너희는 힘으로 약한 민족을 짓밟고 학살하고 착취하는 더러운 족속들이다. 너희는 우리를 죽일 것이고 우리는 힘이 없으니 죽임을 당할 것이다. 우리는 너희와 싸웠고 싸움에서 졌으니 죽는다.'

그들은 목숨을 내어놓는 대신 재판정을 천황과 동등한 대결의 장으로 이끌었다. 두 사람의 목숨은 두 사람의 것이다. 누구나 그 사실을 너무 잘 알고 있었다.

살고자 한다면 그 목숨이 천황의 것이 되겠지만 죽고자 하면 목숨의 주인은 그들 자신이다. 천황도 검사도 변호사인 나도 그들이 내어놓은 고귀한 목숨에 대항할 수 없었다.

'나를 죽여라.'

두 사람은 일본과 조선을 온통 뒤흔들면서 천황과 싸움을 벌였다. 그리고 이제 그 긴 싸움의 끝에 도달했다. 그러므로 우리는 더 이상 아무 말도 나눌 필요가 없었다. 우리는 충분히 싸웠음을 알고 있었고 수많은 말이 필요하지 않을 만큼 서로에게 깊숙이 들어서 있었다.

"내가 직접 조선에 가겠네."

시간이 다 되어서 양쪽의 문이 열렸을 때 나는 몸을 일으키면서

그렇게 말했다. 102번 죄수는 내 말을 이해했는지 나가다 말고 돌아보더니 말없이 꾸벅 고개를 숙여 보였다. 나 역시 그를 향해 깊숙이 고개를 숙였다.

"내게 맡겨주어서 고맙네."

1부

●

개새끼

나는 개새끼로소이다
하늘을 보고 짖는
달을 보고 짖는
보잘것없는 나는
개새끼로소이다
높은 양반의 가랑이에서 뜨거운 것이 쏟아져 내가 목욕할 때
나도 그의 다리에다
뜨거운 물줄기를 뿜어대는
나는 개새끼로소이다

1장 · 뼈

1

하쓰요는 이전보다 더 많이 창백해져 있었다. 나는 하쓰요 앞에 앉아서 귀로는 그녀의 말을 들으면서 눈으로는 물끄러미 창밖을 바라보고 있었다.

커튼 사이로 아직은 차가운 2월의 바람이 스며들었다. 판잣집들 사이로 제멋대로 자란 잡초들이 바람에 흔들렸다. 이제 곧 봄이 오겠구나. 하릴없고, 써먹을 데도 없는 봄.

"폐병이라는 게 그런 거래."

바람이 차가웠던지 하쓰요는 앙상해진 손으로 이불을 턱 밑까지 끌어올렸다.

"잘 먹어야 사는 거래. 그런 면에서 난 죽어가는 게 맞는 건가?"

"흥. 부잣집 자제들도 잘만 죽더라. 거짓말."

나는 시선을 창밖에 둔 채 코웃음처럼 말했다. 가난하다는 것. 징그러운 거지.

"죽음이라는 게 무슨 이유가 있는 것 같지는 않아. 딱히 살 이유

도 없지만."

"죽음에 대해서 생각해본 적 있어서 하는 말이야?"

"저번에 준 책 다 읽었어."

어느 집 지붕 사이로 매화나무가 보였다. 흰 꽃이파리가 보기 흉하게 듬성듬성 빠져 있었다. 아직은 다들 싹을 틔우는데 벌써 시들어가기 시작하는 거구나.

"그런데도 아무 느낌이 없어? 정말?"

"없어. 그냥 지금 이렇게 살듯이 어느 날 이런 식으로 죽겠지."

"죽음에 대해서 다 아는 듯이 말하네."

"죽어봤으니까."

하쓰요가 가녀린 어깨까지 흔들어대며 웃었다. 나는 내 이야기가 웃기나 보다 싶어서 그냥 마주 웃었다. 그래도 웃어서 참 좋다.

"가야겠다."

저녁 시간이 다가와서 일어났다. 몸이 아파도 좋은 걸 먹지 못하는데, 거기다 한 끼를 축낼 수는 없으니까. 어디든 다른 곳에 가서 얻어먹을 궁리를 해야지. 쉬는 날은 이래서 문제야. 식사를 해결할 곳이 없으니.

"밥 먹고 가."

"아냐. 다음번 쉬는 날 다시 올게."

나는 나가다 말고 다시 하쓰요를 돌아보았다.

"계속 여기 있을 수는 있는 거야?"

하쓰요는 싱긋 웃었다. 없구나. 하쓰요는 둘도 없는 유일한 친구에다가 서로의 관심사도 같고 생각도 같다. 그리고 무엇보다 확실하게 같은 건 바로 너와 나, 둘이 다 찢어지게 가난하다는 거다.

나는 큰길을 나와 시계탑을 보고 시간이 아직 4시인 것을 알았다. 쓸쓸한 바람이 부는 거리를 하릴없이 걷다가 문득 근처의 아는 집이 생각났다.

우영이라면 저녁 한 끼쯤 사주지 않을까 싶었다. 배가 등가죽에 달라붙은 게 틀림없다고 느낄 지경이니까 체면 따위는 깨끗하게 버려준다.

우영의 하숙집을 찾아가서 노크도 없이 들어갔다. 그렇게 스스럼없이 들어가도 되는 편집실과도 같은 하숙집이다.

"어? 어떻게 알고 왔어요?"

우영은 언제나처럼 사람 좋은 눈웃음으로 맞이해주었다. 앉은뱅이책상 위에는 원고가 가득했다.

"내가 뭘 알고 와요?"

우영은 싱긋 웃으며 엽서를 내놓았다.

'갑자기 고모님이 아프셔서 인사도 못하고 떠납니다. 현.'

엽서는 이 방에서 보던 엽서다. 그걸 주워서 대충 휘갈기고 사라진 거지. 나는 한동안 교제했던 남자의 치사한 행동에 헛웃음이 나왔다. 부잣집 아들답게 그동안 돈을 좀 써주었으니 상관없다고 위

안을 삼아도, 역시 이런 짓은 기분 나쁘다.

언제인가, 동지들이 자기를 부르주아라고 해서 받아들여주지 않는다고 툴툴댔던 게 생각났다. 그때 현은 나한테 억울한 듯이 말했지만, 나는 나대로 동지들의 마음을 알고 있었다.

우리처럼 우리에 대해서 알 수는 없지. 노동자가 아닌데 노동운동을 하려고 들면 생각처럼 잘 되지 않는 가장 큰 이유는 노동자가 겪어야 하는 슬픔을 모르기 때문이야.

똑같은 슬픈 일을 당하는 같은 크기의 슬픔이라도 기름진 음식에 좋은 술을 마시고 뽀송뽀송한 이불에 드러누워서 슬퍼하는 것과 누더기 같은 담요에서 주린 배를 안고 눈을 뜬 사람의 슬픔이 어떻게 같겠어.

비겁하게 친구 집에 있는 엽서를 주워 이렇게 하고 사라지지 않아도 충분히 이해하고 잘 가라고 손을 흔들어주었을 텐데. 돈이라도 몇 엔 주고 가라고 할까 봐 그랬을까. 어쨌든 교제하는 동안 심심치 않게 식사도 해결하고는 했는데 이제 그른 건가.

남자를 사귀면서 남자한테 밥이나 얻어먹고 돈푼이나 얻어낸다고 해서 부끄럽지는 않았다. 나는 그런 면에서 전혀 마음의 가책을 느끼거나 창피한 적이 없다. 바퀴벌레도 하수구 속의 쥐새끼도 다 살자고 발버둥을 치는데 살자고 좀 이상하게 굴면 어때?

특히 내 자존심은 그런 걸로 상하지 않는다. 다만 동지들 말을 못 알아먹을 때나 비싼 등록금 내고 실력이 늘지 않을 때는 자존심 꽤

나 상한다.

어쨌거나 잘 떠나가 주었다. 참 데데한 녀석이다.

"아, 그리고 원고 교정 좀 부탁해요."

우영이 내미는 원고 뭉치를 받았다.

"《청년조선》이네? 벌써 다 나온 거예요?"

"응. 저녁 사줄 테니까 꼼꼼하게 좀 봐줘요."

나는 우영을 바라보고 피식 웃었다.

참 괜찮은 친구다. 가게를 쉬는 날, 종종 와서 밥을 얻어먹으려고 들르면 일부러라도 일을 주면서 염치를 살려준다. 좀 두터운 일거리를 주는 날은 몇 푼이나마 쥐어주기도 한다. 말이 몇 푼이지 그 몇 푼이면 나는 몇 끼를 너끈히 해결하고는 했다.

"어차피 사줄 거 아닌가?"

나는 웃으면서 원고를 받아들었다.

《청년조선》은 조선에서 온 유학생들이 발간하는 잡지로 조선 유학생들로 이루어진 사회주의자들 모임의 기관지와도 같은 성격을 띠고 있었다.

나는 연필을 든 채로 원고들을 차근차근 읽기 시작했다. 조선말과 일본말을 다 아는 내게 원고 교정은 종종 도울 만한 일이었다.

조선에서 온 유학생들은 간혹 일본어의 묘한 부분에서 조선말 식으로 쓸 때가 있었다. 그런 부분을 나는 정확하게 찾아낼 줄 안다.

"이거."

나는 원고를 들고 멍해진 기분으로 들여다보았다.

"음? 뭐 이상 있어요?

"이 사람, 누구예요?"

우영이 원고를 들여다보더니 나를 바라보면서 싱긋 웃었다.

"이상해?"

"이상한 게 아니라 궁금해요."

"아, 이 친구."

"이렇게 쓰다니."

"우리랑 노선이 좀 다르기는 하지만, 꽤 괜찮은 친구입니다."

"노선이 어떻게 달라요?"

"아나키."

아. 나는 고개를 끄덕였다.

아나키는 아나키스트를 줄여서 그냥 그렇게 부르는 별명이다. 원래는 혼란스러운 무정부 상태를 이르는 나쁜 말이었다가, 그게 꼭 나쁜 뜻이 아니라는 이론으로 발전되어서 동지들끼리 아나키스트를 그렇게 애칭으로 부르고 있었다.

사회주의자들 중에는 사실 아나키스트가 많았다. 그리고 독립운동을 하는 조선의 유학생들 사이에도 아나키스트들은 많았다.

그런데 이 사람은 누굴까. 이렇게 쓰는 사람은 어떻게 살아왔고, 어떤 생각을 하며 살고 있을까. 시 제목은 〈개새끼〉였다.

나는 개새끼로소이다
하늘을 보고 짖는
달을 보고 짖는
보잘것없는 나는
개새끼로소이다
높은 양반의 가랑이에서
뜨거운 것이 쏟아져
내가 목욕할 때
나도 그의 다리에다
뜨거운 물줄기를 뿜어대는
나는 개새끼로소이다

2

그날부터 며칠 동안 봄비가 내렸다. 그리고 나는 며칠째 저녁부터 아침까지 움직이지 않고 방 안에서 벌레처럼 웅크리고 지냈다.

다시 아침이 오고, 다시 어두컴컴한 저녁이 되도록 비는 쉬지 않고 강해졌다 약해졌다를 반복했다. 그런 밤을 벌레처럼 웅크리고 이불 속에서 턱을 괴고 엎드려 소리 없이 내리는 이슬비를 바라보았다.

날은 아직도 차가웠지만, 유단포(ゆたんぽ, 湯湯婆)에 뜨거운 물을 담는 것도 귀찮아서 그냥 웅크리고 자고는 했다.

며칠 째 학교를 나가지 않았다. 그동안 죽기 살기로 학교를 나갔지만, 왜인지 이제는 학교를 죽어라 다녀야만 한다는 강박관념이 없어졌다.

고학생이 학교를 빠진다는 건 원래 두 가지 경우밖에 없다. 몸이 죽을 만큼 아프거나, 생활에 심각한 위기가 왔거나. 그렇지 않으면 절대로 학교를 빠지지 않는다. 고학생이 죽도록 일을 하고, 이를 악물고 배고픔을 참는 건 오로지 공부를 하고 싶어서다.

실제로 나도 수업료를 버느라 주룩주룩 내리는 장맛비 속에서 가루비누를 팔러 다니기도 했고 발목까지 쌓이는 폭설 속에 서서 싸구려 양말을 팔기도 했다.

학비를 내느라 방 구할 돈이 없어서 양말이나 속옷들이 쌓인 도매상 한구석에서 경비를 서는 대가로 새우잠을 자기도 했다.

제일 처량 맞은 일은 전당포를 찾아가는 일이다. 멀쩡한 옷이라고는 단 한 벌이면서 그 옷을 전당포에 잡히기라도 하는 날은 슬퍼서 눈물이 났다. 그깟 별것도 아닌 옷이지만 그토록 아쉬웠다는 건 나도 어쩔 수 없이 속물이라는 증거일 수도 있다.

그렇지만 그날 이후 나는 며칠째 학교를 나가지 않았다. 며칠을 낮에는 오뎅 가게에 나가 일하면서 밥을 얻어먹고, 집에 와서는 내내 뒹굴었다.

왜인지 마음이 잡히지를 않았다. 머릿속은 갈증으로 가득했다. 이 사회에서 제대로 무언가가 되려고 하던 공부는 이제 목적을 잃은 듯한 느낌이었다.

모든 게 부질없어 보인다. 그토록 무서웠던 가진 자와 높은 자가 자신을 그렇게 달리도록 밀어붙인 것은 아닌가 싶었다.

그날, 우영에게 떼를 썼었다.

"이 사람 한 번만 만나게 해줘요."

"왜요? 그렇게 마음에 들어요?"

"이런 사람이 도쿄에 있다는 게 믿어지지 않아요. 표현할 수 없지만, 이건 다른 거예요. 어떤 사람이에요?"

"그냥 아직 아무것도 아닌 사람입니다. 우리처럼 가난뱅이 유학생이죠."

우영은 말하다 말고 정정했다.

"아, 지금은 휴학 중이던가? 하여간 가네코 씨보다 가난한 친구예요."

"어디 가면 만날 수 있어요?"

"그렇게 보고 싶어요?"

"네, 꼭."

"어디서 지내는지 몰라요. 주거 부정에다가 아무 데나 훌쩍 떠났다가 어느 날 갑자기 불쑥 나타나고는 하죠. 도무지 약속이라고는

하지 않아서요. 하지만 언제고 오겠죠. 잘 곳이 없다든가 배가 고프면 옵니다."

"나 같으네."

하하. 우영은 과장되게 웃었다.

"여하튼 가끔 오기는 오니까 언제고 마주칠 날이 있을 겁니다."

그날 이후 눈치가 보일 지경으로 뻔질나게 우영의 하숙집을 들락거렸다. 일이 끝나면 들렀다가 실망하고는 집으로 돌아와서 아무 일도 않고 뒹굴었다. 작은 외할아버지는 내 태도가 변한 것을 경계의 눈초리로 바라보았다. 언제라도 쫓겨날 수 있는 상황이어서 조심해야 했지만 이제 그런 것도 겁나지 않았다.

어디서 온 변화일까.

고작 이름도 모르고 본 적도 없는 어느 한 사내의 시 한 편으로 내가 이런다는 건 누가 보아도 웃을 일인데, 동지들이 들으면 모두 배를 잡고 웃을 일인데, 나는 전혀 웃기지 않았다. 그날부터 나는 오로지 한 가지 생각에 매달렸다.

'세상에는 무언가 다른 게 있는 거야.'

2월이 끝나가면서 찬바람이 덜해졌다. 대신 가루눈이 바람에 날렸다. 봄이 코앞인데 비가 아니라 눈이 내렸다. 도쿄의 날씨는 무산자 계급들에게 어지간히 쌀쌀맞게 군다.

우중충한 거리로 나와서 실없이 걸어 다녔다. 가게가 쉬는 날이면 어디든 가서 끼니를 때워야 하는데 마땅한 곳이 없었다.

그렇다고 해서 한낮부터 우영을 찾아가는 건 좀 아니다 싶었다. 물론 저녁나절에는 슬쩍 들러볼 것이지만 교정 볼 원고도 없으면서 우영의 한 끼 밥값을 축내고 싶지는 않았다.

시부야 거리로 나갈까 하다가 대학생들이 많은 다카다노바바로 걸어갔다. 아직 개학 전이라고 해도 거리는 붐비고 있을 것 같았다. 학생들이 붐비는 거리는 좋다. 먹을 것들이 많고 볼거리도 많다. 뭐, 건드릴 수는 없지만 보는 건 공짜니까.

천천히 걸으면서 책방들을 구경했다. 헌책들을 슬쩍슬쩍 읽는 건 주인이 뭐라 하지 않는다. 그러니까 눈치껏 방해 안 되게 서서 읽어 준다. 먹을 것들은 너무 가까이에서 쳐다보지 않는다. 그랬다가는 처참해지니까.

몇 시간을 책방 거리에서 배회했다. 이제 하찮은 눈에라도 손이 시리고 발이 시려서 슬슬 우영의 하숙집을 향해 걸어갈 시간이 되었다.

'오늘은 너무 미안한 일은 하지 말아야지.'

너무 미안한 일은 밥을 얻어먹는 일이다. 너무 자주 들르면서 자꾸만 얻어먹으면 고학은 아니어도 고향에서 많은 돈이 오지는 않는 우영의 생활에 부담을 준다.

이상한 일이다. 인색하게 구는 인간들을 보면 어떻게든 한 끼 빼

앗아 먹고 싶고 싸구려 양말이라도 비싸게 안기고 싶지만 너그러운 상대를 만나면 뭐든 다 미안해지고 눈치가 보인다.

나는 평소와 똑같이 두드리지도 않고 하숙집 문을 벌컥 열려다가 멈칫했다. 우영의 신 이외에 낡아빠진 남자 구두가 눈에 띄어서였다. 손님이 있나 보다 해서 슬며시 문을 열었다.

“어, 가네코 씨.”

우영이 책상머리에 앉아서 문틈 사이로 돌아보며 웃었다. 나는 슬며시 몸을 들이밀면서 안쪽에 있는 손님을 바라보았다.

“손님이 계시네요?”

“아, 소개할게요. 가네코 씨가 누군지 궁금해하던 바로 그 사람.”

“네?”

나는 흠칫 놀라서 안에 앉은 남자를 바라보았다. 남자도 읽고 있던 책을 내리면서 흘끗 나를 돌아보았다.

광대뼈가 굵고 강해 보이는 인상의 남자는 낡은 외투를 걸치고 있었는데, 소매가 너덜너덜했고 입고 있는 바지는 닳아서 무릎이 툭 튀어나온 데다가 무릎 아래가 해져서 구멍까지 나 있었다.

내가 놀란 눈으로 쳐다보면서 꾸벅 인사했지만 남자는 무심하게 바라보면서 고개를 끄덕하더니 다시 읽고 있던 책으로 시선을 돌려 버렸다.

나는 약간 무안하기도 하고 어디에 앉아야 할지 몰라서 뻘쭘하게 서 있는데 우영이 자기 옆자리를 가리켰다.

"여기 앉아봐요. 보여줄 책이 있어요."

얼결에 우영이 건네준 책을 받기는 했지만 신경은 온통 남자에게 쏠려서 무슨 책인지 제목도 눈에 들어오지 않았다. 궁금해하던 사람이라고 하면 박열이라는 사람이 확실하다.

나는 슬그머니 남자를 다시 천천히 훔쳐보았다. 저 정도로 덥수룩한 머리에 수염도 듬성듬성 보기 흉하게 나 있고 옷은 거지 아니면 안 입을 만큼 낡았는데 어째서 비루해 보이지 않는 걸까.

혼자 가슴이 뛰기 시작했다. 얼굴이 달아오르는 느낌이었다. 그냥 인사만 할 게 아니라 내 이름을 말할 걸 그랬나? 그랬다면 관심을 가지고 대화를 하게 될 수도 있었을 것을…….

무언가 다시 말을 건네볼까?

그를 몇 번이고 몰래 시간을 들여 뜯어보았다. 짙은 눈썹에 콧대가 넓고 광대뼈는 부풀어 올라 있다. 눈은 맑지는 않아도 부리부리하다. 비쩍 말라서 그런지 뼈들이 강하고 굵어 보였다.

멍하니 보고 있는데 그 사람이 벌떡 일어났다. 또 흠칫 놀랐다. 그런데 그 사람은 나를 거들떠도 보지 않고 그냥 문으로 성큼성큼 걸어갔다.

"그만 가겠네."

"어? 가다니? 오늘 여기서 잘 거 아니었나?"

"손님도 있고 해서 그냥 가겠네."

"어디서 잘 건데?"

"시부야에 있는 석우네 하숙방에서 자겠네."

"아, 그래?"

우영은 흘끗 나를 돌아보았다. 나는 얼이 빠진 듯 남자를 쳐다보는데, 그는 그저 고개만 까딱해 보이더니 성큼성큼 나가버렸다.

표정도 눈길도 행동거지도 오만하기 짝이 없었다. 나가는 양말의 뒤꿈치에 커다란 구멍이 보였다.

남자는 그렇게 나가버리고 나는 멀거니 그가 사라진 쪽을 바라보았다. 〈개새끼〉라는 시에 걸맞은 모습이라고 생각했다. 구질구질하다 못해 비루해 보이는 차림새인데도 불구하고 오만하기 짝이 없는 행동거지. 마치 '나는 뼈입니다.'라고 말하는 듯한 언행.

불필요한 살점이라고는 없는 듯한 인간으로 느껴졌다. 배려는커녕 조금의 부드러움도 느껴지지 않는 거친 인간으로 보였다.

"저 친구 웃기죠?"

"네?"

나는 정신을 팔다가 놀라서 우영을 돌아보았다.

"웃기잖아요? 잘 곳도 없어서 여기저기 다니면서 얻어 자는 주제에 거만하기가 짝이 없어요."

"여기저기서 얻어 자요?"

"자는 것만이 아니라 먹는 것도 여기저기서……."

우영이 히죽 웃었다.

"뭐 그다지 싫은 친구는 아니에요. 저렇게 보여도 대화를 시작하

면 다른 사람으로 보여요. 신중하고 무거운 면이 있다고 해야 하나. 뭔가 우리와는 다른 더 높은 경지를 거니는 도인 같은?"

"아……."

"왜 말이라도 더 붙여보지 그랬어요? 그렇게 보고 싶다고 하시더니."

우영은 머리를 긁적였다.

"하긴 뭐 말 걸어도 자기가 상대하기 싫으면 대꾸할 위인이 아니지만."

"집이 없어요?"

"집? 없죠. 뭐 저러다가 또 어딘가에 취직하면 거기서 먹고 자고 하죠."

"학교는요?"

"그만두었어요. 학교보다는 공장이나 밑바닥 공사판이 어울리는 친구예요. 태생이 그래요."

나는 우영에게 바짝 다가앉았다.

"그러니까 만나려면 어디서 만나요?"

"어? 방금 만나놓고는……."

"어디로 찾아가면 되냐고요?"

"아까 말했잖아요. 시부야 간다고."

"그 석우라는 친구 분 집 주소 알아요?"

우영은 뚱하니 나를 쳐다보았다.

3

아침부터 한바탕 소동이 일었다. 계속 학교를 다닐 거면 집에서 나가라는 외할아버지의 고함에 맞서서 나가 살 거라고 했다. 매일 눈치 보며 잠자는 것도 지겨웠고 어차피 밥은 자기들끼리만 먹고 단 한 번도 같이 먹자거나 따로라도 남겨서 먹게 해준 적 없다.

뭐, 그런 건 그렇다 치더라도 무엇보다 어제 본 박열로 인해서 세상 사는 게 뭔가 달라야 한다는 각성이 일어나서였다.

나도 오만해지고 싶어.

그게 밤이 새도록 생각한 거였다. 아무리 생활이 비루하고 비참해도 거만하게 고개를 쳐들고 당당하게 행동하는 거야. 내가 먼저 무시하고 깔보는 거야. 그 남자처럼 말이야.

그런데 나가서 어디서 잔담?

"내 집에서 나가라."

"나간다구요."

"너같이 쓸모없는 계집애는 처음이다. 바보 년."

"쓸모없어서 기분 좋네요."

"나가. 나가."

"나가요. 밀지 말아요."

"짐 싸고 나가버려."

"싸놓으세요. 가져갈 테니까."

"네가 싸라."

"그럼 그냥 두시든지."

나도 오만해졌다.

"다락방?"

오뎅 가게 주인 이시카야는 눈이 동그래져서 나를 바라보았다. 아침부터 이게 무슨 뜬금없는 소리인가 싶은 표정이었다.

"거기 자게 해주면 대신 문 열고 문 닫는 걸 전부 내가 할게요."

"문 열고 닫는 게 뭐가……."

"준비도 하고요."

"어, 그런가?"

이시카야는 애매한 표정이 되었다. 가게 이름을 '사회주의 오뎅'이라고 하는 바람에 온갖 사회주의자들과 기자와 학생들이 몰려드는 가게이지만, 사실 사회주의하고는 거리가 먼 이시카야였다. 어느 정도 인심은 있지만 타산이 빠르고 호락호락하지 않다.

"그럼 식사도 가게에서 해결하겠네?"

"월급에서 밥값은 제해도 좋아요."

"그래?"

이시카야는 실눈을 뜨고 웃었다.

주머니 속의 주소를 만지작거리면서 시부야의 좁은 언덕길을 걸어갔다. 아래는 화려한 거리지만, 언덕 위는 판잣집들이 오밀조밀하게 모여 있다. 방값이 싸서 가난한 학생들이 많이 기거하는 골목이다. 한번에 두 사람이 나란히 걷기도 힘든 골목길에 판잣집들이 즐비하고 작은 창문들이 답답하게 늘어서 있는 풍경. 가난뱅이들에게는 익숙한 풍경이다.

주소로만 찾기는 좀 어려운 구역이라서 골목을 이리저리 몇 번 배회하고서야 맞다 싶은 집 앞에 섰다. 그런데 막상 찾고 보니 생판 모르는 사람 집에 성큼 들어서기도 그래서 잠시 머뭇거렸다.

그렇다고 해서 마냥 기다릴 수도 없었다. 곧 오뎅 가게 영업이 시작되니까 그 사이의 시간이 많이 남지 않았다. 문 앞에 서서 이럴까 저럴까 잠시 망설이고 있는데, 안에서 누군가가 불쑥 나왔다.

놀라서 쳐다보니 바로 그 남자였다. 그는 부리부리한 눈으로 나를 쳐다보았다. 그러나 놀란 듯한 표정도 아니고, 그렇다고 반가워하는 얼굴도 아니다.

"안녕하세요?"

어색함을 이겨내려고 일부러 밝게 웃었다. 그러나 남자는 무슨 일인가 하는 표정으로 나를 바라보면서 그저 고개만 한 번 끄덕일 뿐이었다.

"꼭 만나보고 싶어서 왔어요."

"제게 무슨 볼일이라도 있습니까?"

"그냥 대화가 하고 싶어서요."

나는 남자가 뭐라고 응답하기도 전에 연이어 말했다.

"사회주의 오뎅이라고 아세요?"

"가보지는 않았지만 지나면서 본 적은 있습니다."

"언제든 시간이 날 때, 거기로 좀 와주시겠어요? 제가 지금은 시간이 없어서 그래요."

"그러죠."

남자는 다시 고개를 까딱하고 성큼성큼 걸어갔다. 나는 그제야 긴장을 풀고 한숨을 길게 내쉬면서 성큼성큼 걸어가는 남자의 뒷모습을 바라보았다.

내가 마음에 별로 안 드는 걸까. 아니면 원래 저렇게 무례한 걸까.

멀어져가는 남자를 바라보면서 내 행동이 너무 어설프고 당돌하기도 하고, 무언가 잘못한 느낌이었다. 하지만 그렇게 하지 않고는 배겨내지 못할 나라는 건 나 자신이 더 잘 안다.

나라는 계집애는 원래 이 모양이다.

집으로 가서 외할아버지와 한바탕 더 소동을 일으키고 짐을 싸서 나왔다. 여자는 미싱을 배워서 양복점에 취직하는 게 당연하다고 여기는 노인과 힘 빼면서 입씨름을 하고 싶지는 않았지만 짐을 싸는 내내 잔소리를 해대서 그만 화가 폭발하고 말았다.

"제발 입 좀 다물어요. 짐 싸고 있는 거 안 보여요?"

"할애비한테 그게 무슨 말버릇이냐?"

"할아버지가 되어가지고 손녀딸 밥 한 공기 내어줘 봤어요?"

"잠만 자게 해달라고 한 게 너다."

"고마워서 눈물이 다 나네요. 그러니까 이제 잠도 재워주지 마세요."

짐이라고 해야 그다지 많을 것도 없었다. 못된 년 소리를 연신 들으면서 짐을 챙겼다. 많지도 않고 값이 나가는 건 전부 전당포에 가 있어도 책은 꽤 있어서 싸놓고 보니 무거웠다.

"넌 원래 무적자(無籍者)야. 은혜도 모르고……."

"호적이 없어서 오히려 홀가분하니까 은혜라는 말은 참으세요."

"이래서 사람은 근본이 중요해."

"그 근본은 누가 만드는 건데요?"

"뭐라고?"

"당신 딸이 만든 거예요."

열 받아서 펄펄 뛰는 외할아버지를 뒤로하고 끙끙대며 짐을 들고 나섰다.

오뎅 가게 다락방에 짐을 풀고 내려와서 손님을 받기 시작했다. 이시카야는 절대 다른 사람을 끌어들여서 자면 안 된다고 했다.

"누구 끌어들여서 잘 만한 크기도 아니잖아요?"

"가게에서도 안 돼."

"나만 잘 거예요."

누구를 끌어들이다니. 그럴 마음은 없다. 끌어들인다면 여자일 텐데 폐병에 걸린 하쓰요는 지금 어디로 움직일 상황이 아니다.

남자를 끌어들이는 일은 없을 것이다. 나는 이미 사내들의 이기심과 찌질함에 질린 터여서 어느 남자든 끌어들여서 잠자리를 함께 할 마음이 없었다. 게다가 박열로 인해서 다른 남자들에 대한 생각이 전혀 없었다. 물론 박열과 당장 잠자리를 하려는 엄두를 내지도 않았다. 연애하고픈 감정과 흠모하는 마음은 전혀 다른 것이었다.

나는 저녁 내내 일하면서 혹시나 그 사람이 오지 않을까 기대했지만, 그는 그날 내내 오지 않았다. 그리고 다음 날도 역시 오지 않았다.

며칠이 지나자 나는 그를 기다리지 않기로 했다. 인연이 닿는다면 언제고 다시 만나게 되겠지. 이제 또 찾아가는 짓을 하는 건 너무 자존심이 상하는 일이라고 생각했다.

그냥 부지런히 살기 시작했다. 아침이면 후딱 학교에 가서 영어를 공부하고, 돌아와서는 가게를 열고 영업을 시작했다. 이시카야는 오후에 나와서 저녁이면 돌아갔다. 늦은 시간까지 남는 손님은 내 차지였다. 나는 마지막까지 손님을 상대하고 뒤처리를 한 다음, 가게 문을 닫고 나서야 다시 책을 손에 쥐었다.

책이나 신문이나, 혹은 잡지들을 손쉽게 구해 읽는 면에서 오뎅가게 일은 최고였다. 단골로 다니는 손님들이 주로 식자층이어서

읽을거리를 좋아하는 나를 위해 여러 가지 읽을 것들을 빌려주기도 하고 읽고 난 잡지나 책을 그냥 주기도 했다.

나는 나 자신이 혹시 활자중독이 아닐까 하고 생각할 만큼 모든 활자가 좋았다. 무슨 글이든-하다못해 쓸모없는 광고라도-활자로만 되어 있으면 무조건 읽어야만 직성이 풀렸다.

가끔 책을 읽다가 그 남자를 생각하고는 했다.

이상하기도 하다. 그를 만나고 나서는 줄곧 학교에서 배우는 영어가 그다지 필요하지 않게 느껴졌다. 나의 신분을 상승시켜서 누구에게 압박을 받으면서 살지 않으려는 몸부림이 보잘것없게 느껴졌다.

들개처럼 살면서도 절대로 기죽지 않을 인간. 높으신 나리들을 오히려 비웃고, 나는 개새끼라고 당당하게 말할 수 있는 인간형이 눈앞에 보이자, 잘난 나리들을 욕하면서도 그들처럼 되고 싶어하는 나 자신에게 모멸감을 느끼게 되었다.

무언가 다른 게 있어야 해. 무언가 다른 게 있으니까 그 사람은 당당하고 거침없는 거야. 그 사람처럼 무언가 다른 게 있어야 한다고 생각했다. 그게 무엇인지는 모르지만 말이다.

그러고 보니까 나는 사실 무슨 '주의'에 대해서 내 몸 안에 확실하게 정립된 게 없다. 머릿속은 물론이고 가슴에도 다가와서 닿는 게 없었다.

좋은 줄은 알겠지만 명확해야 마음을 움직이고 따라서 몸도 움직

이는 건데 아무리 책으로 경험해도 아직 모든 게 뿌연 안갯속이다.

4

봄이 성큼 다가왔다. 이제 거리에 쌓였던 눈은 보이지 않았다. 그러니까 박열을 찾아간 지가 벌써 한 달이 훌쩍 넘었다는 이야기가 된다. 나에게는 그 사이에 심경의 변화가 심하게 왔다. 나는 남자의 시를 외우고 다녔고, 학교를 그만두었다.

시간이 나면 언제나 사회주의자들과 어울려서 그들의 토론을 들었다. 토론에 끼어들지는 않았다. 그러기에는 아직 나 자신의 이론이 정립되지 않았는데 확신할 수 없는 걸 떠들기는 싫었다.

스스로 생각해도 나에게 있어서 어떤 '주의'는 여전히 안갯속처럼 모호한 것이었다. 그게 정치적인 방향이든 사회적인 방향이든 간에 가슴속에 정확하게 자리 잡지 못했다.

다만, 알고 싶었다. 그 속에는 무언가 알 수 없는 열정 같은 게 있었다. 무의식 속에 존재하는 다른 세상에 대한 갈망 같은 것이었다.

나 자신에게도 무언가 다른 게 찾아와서 나를 깜짝 놀라게 해주기를 바랐다.

그렇게 지내던 어느 날이었다. 화창하던 봄날, 가게 문을 막 열고

난로에 불을 피워서 국물을 만들려던 때였다. 한 사내가 가게 문을 열고 불쑥 들어섰다. 너무 이르다고 말하려고 돌아서던 나는 그만 그 자리에 얼어붙어 버렸다.

"박열 씨."

그의 이름을 부르고는 더 할 말이 없었다. 그는 뿔테 안경을 쓰고 단추가 떨어져나간 낡은 외투를 입은 채로 들어서서 나를 보며 말했다.

"내가 너무 늦게 왔습니까?"

"늦지 않았어요. 이제 막 문을 열었거든요."

그 사람은 한 달 만에 온 것을 말했지만, 나는 농담으로 받아쳤다.

"앉으세요. 아침 아직 안 먹었으면 내가 오뎅 요리를 좀 드릴게요."

"술이 좋겠습니다."

"아, 그래요."

그는 창가의 자리로 가서 앉았다. 창문은 열려 있었고 창밖으로부터 미풍이 노렝(のれん, 暖簾)을 살랑살랑 흔들면서 불어왔다. 그는 바람의 냄새를 맡는 듯 얼굴을 창밖으로 향하고 느긋하게 눈을 감고 있었다. 나는 그의 앞에 청주를 가져다주었다.

"오뎅은 아직 좀 시간이 걸려요."

"상관없습니다."

그는 청주를 한 컵 단번에 마신 다음, 후우 하고 숨을 내쉬었다.

"바쁘셨나 봐요?"

이런 사람에게는 말을 거는 게 쉽지 않다. 평소 낯을 가리지 않는데 이상하게 위축되고 눈치를 보게 된다.

아, 눈치 보는 건 나한테 좀 있는 습관이기는 하다. 하도 눈칫밥을 많이 얻어먹고 자라서.

"몸을 팔아야 사니까요."

"그야 누구나 그렇죠."

나는 과장되게 손으로 입을 가리고 웃어 보였다. 사실 몸보다는 머리를 팔아야 호강한다.

"일을 했습니다. 작은 인쇄공장에서 일하면서 책 만드는 법을 배웠습니다."

"아, 책을 만드시려고요?"

"물론 어느 책을 만들든지 직접 인쇄를 해야 하는 건 아니지만, 그래도 비용을 줄이려면 어느 정도는 방법을 알아야 할 것 같았습니다."

"어떤 책을 만드시려고요?"

"아직은 거기까지는 생각하지 않았습니다. 하지만 곧 방향을 잡아서 만들 겁니다."

"인쇄소는 일이 힘들지 않나요?"

"그다지 힘들지 않습니다. 그리고 잠을 잘 수도 있으니까 나쁘지 않습니다."

"여기와 같군요."

나는 나도 모르게 방그레 웃고 있었다.

"나도 여기서 먹고 자거든요. 그런 직장은 우리 같은 고학생들한테 훌륭해요."

그는 더 말하지 않고 창밖으로 시선을 돌려서 골목길의 봄볕을 바라보며 청주를 마셨다. 나는 방해가 되지 않으려고 오뎅을 만들러 갔다.

그에게 오뎅을 대접하고 나면 내 돈으로 재료를 채워 넣어야 하지만 상관없었다. 저 남자에게라면 몇 끼쯤은 대신 굶어줄 수 있다.

오뎅국을 만들어서 다시 그에게로 갔다.

그는 여전히 창밖을 바라보면서 무언가 깊은 생각에 잠겨든 듯했다. 무슨 생각을 하시냐고 묻고 싶었지만 눈치만 보다가 한마디 말도 더는 걸지 못했다.

오뎅을 앞에 놓아주자, 이제는 먹는 데에 집중했다. 나는 그 사람이 오뎅을 다 먹도록 다른 일로 바쁘다가 그가 식사를 마친 걸 보고 다시 말을 붙여볼까 했다. 그런데 그는 갑자기 벌떡 일어났다.

돈을 꺼내는데, 내가 놀라서 거절했다.

"제가 초대했으니 돈은 내시지 않아야 해요."

그는 멈칫 나를 쳐다보더니 고개를 끄덕였다.

"고맙습니다."

그는 더 볼일도 없다는 듯이 문을 열고 나가려고 했다. 나는 얼른

그의 등 뒤에 대고 말했다.

"또 와주실 거지요?"

그가 나가다 말고 나를 돌아보았다. 노려보는 듯한 눈길이 나를 똑바로 바라보았다. 나는 숨이 막히는 듯해서 움찔했다. 강렬한 눈빛이 내 속을 완전히 꿰뚫는 것처럼 느껴져서 나도 모르게 어깨가 움츠러들었다.

"또 오겠습니다."

그는 고개를 까딱해 보이고는 성큼성큼 가게를 나갔다.

나는 그렇게나 보고 싶었던 남자를 만났는데 그가 막상 돌아서 나간 뒤에 안도의 한숨을 내쉬었다. 보고 싶지만 겁나는 남자. 말하자면 귀신이 나오는 이야기책처럼…….

다시 또 언제 온다는 말이었을까? 며칠이 지나자 조바심이 났다. 나에게 있어서 박열이라는 남자는 이제 매일의 생활을 이어가는 데에 필요한 목표라든가 희망 같은 게 되었다.

그게 딱히 무얼 뜻하는지는 알 수 없었다. 그에게 기대하는 게 무엇인지, 그와 함께하면 무엇을 할 수 있는지, 하고 싶은 거라도 있는지, 그런 건 정해지지도 않았다.

그런데도 불구하고 매일매일이 그에 대한 생각으로 가득했다. 만일 그가 다시 온다면 그때는 미친 척하고 말해볼 참이다.

'혹시 교제할 마음 없으세요?'

'저와 사귀는 게 내키지 않으신가요?'

'저 같은 여자 어때요?'

매일 여러 가지로 다양한 질문을 지어놓고 중얼거려보지만, 어느 게 가장 좋을지를 고르지 못했다. 설레기도 하고 답답하기도 한 시간들이었다.

그는 일주일 후에 다시 나타났다. 오래된 코트를 벗었고 대신 허름한 양복을 입고 왔다. 역시 낡고 볼품은 없었지만, 그의 마른 몸매에는 곧잘 어울렸다.

"담배를 배웠습니다."

그는 창가에 앉아서 담배를 피워 물었다. 나는 저번처럼 그의 앞에 청주를 가져다주었다.

"오뎅은……."

"필요 없습니다."

"하긴…… 지겨워요. 이렇게 좋은 봄날인데, 밖에 나갔으면 좋겠어요."

"나가도 됩니까?"

"오늘은 쉬는 날이에요."

"그런데 왜 문을 열었습니까?"

나는 이유를 말하지 않고 피식 웃었다.

'당신이 올 수도 있으니까 혹시나 하고 열어놓았죠. 닫혀 있으면

그냥 지나칠까 봐.' 그렇게 노골적으로는 말하지 않았다.

그 사람도 더 묻지 않고 청주를 벌컥벌컥 마신 다음, 여느 때처럼 벌떡 일어났다.

"나갑시다."

우에노공원은 벚꽃이 한창이었다. 벚꽃을 보러 나온 사람들이 꽤 있었다. 분홍의 벚꽃 이파리들이 사방에 흩날렸다. 햇살은 지붕과 담장들에 부딪혀 반짝이고 흙길에서는 향기로운 봄의 냄새가 피어올랐다.

꽃구경을 나온 사람들 틈에 섞여서 나란히 공원을 걸었다.

"몇 가지 꼭 물어보고 싶어요."

"물어보십시오."

"혹시 사귀는 분이 있으신가요?"

"친구 말입니까?"

"아니요. 배우자가 있으시냐고 물어본 거예요."

"전 혼자입니다."

벤치에 앉았다. 박열이 따라 앉았다. 나란히 앉아서 벚꽃이 흩날리는 연못을 바라보았다.

"사회주의자이신가요?"

"나는 사회주의자가 아닙니다."

"아, 그런데 사회주의자 친구들을 많이 만나시지 않나요? 함께

토론도 하신다고 들었어요."

"토론은 누구와도 가능합니다. 그리고 사회주의는 말하자면 내가 추구하는 것에서 한 과정과도 같은 겁니다. 하카타에 가려면 오사카를 거쳐야만 하는 것처럼 말입니다."

"독립운동은요? 사실 전 독립운동이라면 당신과 함께 해줄 수 없을 것 같아요. 조선에서 살기도 했고 조선 사람들의 독립을 원하기는 하지만, 사실 전 조선 사람들의 입장에서 생각하고 바라보는 건 가능하지 않을 것 같아서 드리는 말씀이에요."

사실이 그랬다. 박열에게 거짓말을 하기는 싫었다. 그에게 솔직히 모든 걸 말하고 싶었다. 조선의 독립이 마땅한 일이고 동조하는 입장이지만, 조선의 독립에 함몰되고 싶지는 않았다. 당장 내 조국이 이 모양인데, 남의 나라 일에 나설 게 아니라고 생각했다.

"조선의 독립은 내게 있어서 당연한 일입니다. 그러나 내 목표는 독립에만 있지 않습니다."

"말하자면 하카타에 가려면 오사카를 거쳐야 하는 것처럼요?"

나는 박열이 방금 전 한 말을 흉내 내며 웃었다. 박열도 웃었다. 웃음 끝에 박열이 진지하게 물었다.

"그런데 후미코 씨는 어째서 이런 질문을 계속하십니까?"

"후미코가 왜 그러는 것 같아요?"

나는 웃음기를 머금은 채 박열을 바라보았다. 박열은 말없이 내 손을 잡았다. 그러고는 흩날리는 벚꽃을 바라보며 말했다.

"굳이 말하지 않아도 될 것 같습니다."

나와 박열은 그날 하루 종일 우에노공원에 있었다. 배가 너무 고파서 공원을 나오고 보니 벌써 저녁노을이 지고 있었다.

중국요릿집에 들어가서 저녁을 먹었다. 박열은 볶음밥을, 나는 만두를 먹었다. 두 사람 모두 먹을 때에는 대화를 별로 하지 않는다. 먹는다는 건 두 사람에게 아주 중요해서다.

물론 볶음밥이나 만두나 평소에 먹던 것들에 비하면 비싼 음식이다. 나 혼자라면 절대 근처에도 가지 못할 중국요릿집인 데다가 가격에 비해서 양도 많지 않았다.

'그래도 뭐 이런 때 쓰려고 그동안 모아둔 돈이니까.'

사실 모은다고 해서 여윳돈이 생기지는 않는다. 그런데 요번 달은 내가 학원에 등록하지 않아서 남게 된 여윳돈이다.

밥을 다 먹고 나서 엽차로 입을 헹구고 나면 그제야 대화가 다시 시작되었다.

"인쇄소는 계속 다녀요?"

"그만두었습니다. 바빠져서요."

"무슨 일로 바쁜데요?"

"동우회를 만들었습니다. 고학생동우회입니다."

"아, 난 학교를 그만두었는데, 그래도 끼워주나요?"

"나도 학교는 다니지 않고 있습니다. 그게 무슨 문제겠습니까?

우리는 생각이 같은 친구들끼리 연대하는 데에 뜻을 두고 있습니다."

"그럼 생각을 맞춰야겠네요."

"생각이라는 게 쉽게 맞춰지지는 않겠지만, 토론을 한다는 건 좋은 일이라고 생각합니다."

"존경하는 사람은 누구예요?"

"고토쿠 슈스이 선생입니다."

아. 나는 그저 고개를 끄덕였다. 고토쿠 선생이라면 이미 죽은 사람이다. 반역죄로 사형을 당했는데, 천황제에 대항했다. 그리고 조선의 독립을 지지했다. 정부는 어느 날 아무 증거도 없는데도 불구하고 천황을 암살하려고 했다는 죄목을 걸어서 죽여버렸다. 권력자들의 눈엣가시가 되면 그렇게 죽는 수가 있다는 게 무섭게 느껴졌던 기억이 난다.

물론 고토쿠 선생의 글은 너무너무 마음에 들지만 추종해서 죽고 싶지는 않았다.

'하긴 난 무정부주의가 무언지 아나키즘이 무언지도 확실하게 알지는 못하니까. 아나키즘이 꼭 무정부주의가 아니라고도 하는데 내 짧은 지식으로는 그렇게밖에 받아들이지 못했으니까.'

이 사람은 알려나 싶다. 아니, 확실하게 내게 알려줄 것 같다.

"고토쿠 선생은 꾸준히 신문을 발행했습니다. 죽을 걸 알면서도 결코 포기하지 않았죠."

"신문 같은 거 만드시려는 거예요?"

"잡지를 구상하고 있습니다."

"아, 그거 멋지네요."

"어떤 잡지인지도 모르면서?"

"결국 고토쿠 선생처럼 만들 거잖아요?"

"흉내 같은 거 내지 않습니다."

박열은 자신에 차서 말했다.

"나는 나의 길이 있습니다."

나의 길이 있습니다. 그건 정말 멋진 말이라고 생각했다. 나의 길이 있다는 건 근사하다. 나는, 나에게도 그런 게 있었으면 했다.

2장 · 도반(道伴)

1

유성 하나가 밤하늘을 가로질렀다. 밤은 차갑고 나무들 사이로 별들이 떠다녔다. 나란히 누워 밤하늘을 바라보았다. 바람에 수풀들이 사각대며 흔들렸다.

"같이 살고 싶어요."

나는 박열의 손을 잡고 밤하늘의 별들을 올려다보며 말했다.

방금 나눈 정사의 여운을 느껴서 그렇게 말한 것은 아니다. 나는 정말로 박열과 함께 살고 싶었다. 이런 남자라면 같이 살면서 연인으로 또 동지로 지내고 싶다고 생각했다.

"같이 살면서 당신이 가는 그 길을 나도 같이 가고 싶어요."

"나는 불령선인으로 감시를 받는 몸이오."

"그럼 내가 더 필요하겠네요."

"나처럼 가진 것도 없고 경찰의 감시까지 받는 남자와 지내면 고생스러울 겁니다."

"고생이라면 자신 있어요. 내가 얼마나 험하게 살아왔는지 들으

시면 깜짝 놀랄 걸요?"

"먹고살기 위해서 하는 고생보다 몇 배 더 어렵고 힘들 겁니다."

"그래도 무언가를 하기 위해서라면 난 좋아요."

"그렇게 말해주니 고맙습니다."

"그럼 약속하신 거예요?"

"나야 고마울 따름이지, 약속이고 뭐고가 있겠습니까?"

나는 박열의 목을 끌어안았다.

"그럼 되었어요."

우리는 서로 깍지 낀 손을 놓지 않고 내내 그렇게 누워서 밤이 깊도록 움직이지 않았다. 이제 그만 돌아가야 했지만, 그대로 꼼짝도 하기 싫었다.

"말해줘요."

"무엇을 말입니까?"

"당신의 아나키즘에 대해서요. 아직 전 그게 확실하게 가슴에 들어오지 않거든요. 사회주의가 괜찮은 건 알겠는데……, 어쩌면 난 나도 모르는 사이에 사회주의자가 아닐까 생각하고는 해요."

"사회주의와 아나키즘은 다르지요. 모든 내셔널리즘을 거부하는 겁니다."

"무정부주의에 대한 이론이라면 알기는 알아요. 개인을 지배하는 모든 정치 조직이나 권력, 사회적 권위를 부정하고 개인의 자유와 평등, 정의, 형제애를 실현하고자 하는……."

"그렇게 복잡할 것 없습니다. 그저 개인의 자유를 가장 높은 가치로 여기고 자유를 억압하는 모든 적들과 싸운다고 하면 편합니다."

"적이라고 했어요?"

나는 눈이 동그래졌다.

"권력과 자본, 그 외의 모든 자유를 억압하는 건 전부 적이라고 생각합니다."

박열은 감히 토를 달지 못할 만큼 강한 어조로 말했다. 그러니까 설득하려는 게 아니라 선언하는 듯한 말투였다. 배우고 싶은 태도였다.

"확실히 당신의 아나키즘은 무정부주의와 다르네요."

"당연히 다릅니다. 우리 동지들의 노선은 '자유연합'으로 정해져 있습니다."

나는 아직 잘 모르는 사상에 빠져들었다.

내 바람대로 5월의 어느 날, 박열과 나는 세타가야의 신발가게 2층에 작은 방을 하나 얻었다. 박열은 그때 이미 불령선인으로 낙인이 찍힌 상태여서 방을 얻기 쉽지 않았지만, 내게는 요령이 있었다.

나는 혼자서 도쿄라는 거지 같고 차가운 도시에서 오래 살아왔고, 도쿄 사람들의 야멸차지만 돈에는 약한 습성을 잘 알았다.

사실 월세가 조금 세서 아깝기는 했지만 처지가 처지인지라 눈 딱 감고 매월 평균보다 높은 월세를 지불하기로 했다.

"여기서 시작해요. 좁지만 잡지 만드는 데에야 지장이 없을 거예요."

"우선 일을 해서 돈을 벌지 않으면 안 됩니다."

"그런 건 걱정 말아요. 어떻게든 당신과 일하기 위해서 돈을 벌 거니까."

나는 기분 좋게 집 안을 정리했다. 콧노래가 절로 나왔다. 하지만 스스로 확실하게 해둘 것은 해두자는 심정이었다.

"나와 살려면 약속이 필요해요."

"약속?"

"기다려봐요."

나는 짐을 푼 가운데에서 작은 쪽지 하나를 꺼내 박열에게 내밀었다. 사실 쪽지는 지난밤에 내가 적어둔 것이었다. 서로 지켜야 할 것에 대해서 약속을 받아두고 싶었다. 아무리 원하는 게 있더라도 확실하게 해두지 않으면 당하고 만다는 것을 수도 없이 겪어온 내 습성이었다.

박열은 내가 내민 쪽지를 받아들고 중얼중얼 읽었다.

첫째, 동지로서 함께 살 것.

둘째, 내가 여성이라는 관념을 반드시 제거할 것.

셋째, 둘 중 하나가 사상적으로 타락하여 권력자와 악수하는 일이 생길 경우에는 즉시 공동생활을 그만둘 것.

박열은 한참 동안 쪽지를 바라보면서 반응이 없었다. 나는 슬그머니 걱정이 되었다. 만일 이 규칙이 받아들여지지 않는다면 나는 아무리 이 남자가 좋아도 동거를 할 마음이 없었다.

나는 박열처럼 아나키즘에 대해서는 나 스스로 아나키스트라고 말할 수는 없었지만 적어도 사회주의 동지들과 함께 권력자와 자본가들을 상대로 노동운동을 하려고 마음먹고 있었다. 그리고 특히 아무리 뜻이 맞는 동지라고 해도 여성이라는 점을 구분하는 사람이라면 질색이었다.

"표정이 왜 그래요?"

"아닙니다. 읽는 겁니다."

"표정이 너무 진지하지 않아서 물어보는 거예요."

"진지하게 생각합니다."

박열은 쪽지를 책상 위에 놓더니 엄지에 인주 대신 잉크를 묻혔다. 나는 그가 어쩌나 보려고 그냥 바라만 보았다. 박열은 엄지를 쪽지 한복판에 꾹 찍었다.

"벽에 붙여놓겠습니다."

박열은 정말 쪽지를 책상 머리맡에 붙였다. 그리고 팔짱을 끼고 앉아서 쪽지를 바라보며 다시 혼잣말을 하듯 웅얼거렸다. 나는 이제 그러거나 말거나 다시 짐을 정리하기 시작했다.

2

박열과 함께 살기 시작했다. 하루하루가 정말 좋았다. 며칠이 꿈처럼 흘러갔다. 그동안 안갯속처럼 보이던 세상이 확실하게 달라져 보였다.

박열은 계속해서 일을 하러 나갔다. 꼭 먹고사는 일을 위해서만 노동을 하는 게 아니라, 노동자 속에 들어가 있어야 한다고 생각해서 막노동을 쉬지 않았다.

그 사이에 나는 오뎅 가게를 그만두고 책을 읽기 시작했다. 박열은 내가 당분간 책에 파묻히기를 권했다. 나는 그러나 책이 아니라 박열에게 빠져서 살았다.

박열에게는 무언가 나는 모르는 계획이 있는 듯했다. 그래서 집으로 찾아오는 동지들을 안으로 들이지 않고 나가서 대화를 나누고는 했다.

박열을 만나러 오는 사람들은 각계각층의 사람들로 보였다. 유식해 보이고 차림새도 괜찮은 사람이 있는가 하면 노동자들도 많았고 학생들도 많이 끼어 있었다.

특히 조선에서 온 유학생들이 많았는데 그런 사람들이 오면 나도 대강은 말을 알아들었다. 주로 주고받는 내용은 서로가 알고 있는 정보의 교환이었다.

조선에서 온 사람은 조선의 동정을 이야기해주고 박열은 도쿄의 동정을 이야기해주었다. 주로 회합과 운동에 대한 이야기였다.

그렇게 어떻게 지나가는 줄도 모르게 한 달이 순식간에 지난 다음, 밤늦게 일을 마치고 집에 돌아온 박열과 저녁을 먹던 내가 생각하던 바를 제안했다.

"우리 동거 기념으로 비밀 출판 어때요?"

"비밀 출판?"

"정식으로 허가는 나지 않을 책이지만, 내고 싶은 책 같은 거 말이에요."

"허가받지 않고 책 내기가 쉽지 않을 걸요?"

"당신은 인쇄를 배웠다고 했잖아요?"

"하지만 등사판으로 긁어서 어찌어찌 낸다고 해도 시중에 나가는 즉시 압수를 당하고 말 겁니다. 등사판으로 많은 책을 만들어낼 수도 없고요."

"그럼 방법이 없는 건가요?"

"방법을 찾아야겠지요. 그런데 어떤 책을 출판하고 싶은 겁니까?"

나는 낡고 겉장이 찢겨나간 작은 책 하나를 꺼내 보였다. 러시아의 무정부주의자이자 혁명가인 표트르 크로포트킨이 쓴《빵의 정복》이었다.

"수거령이 내렸던 책인데 용케 간직하고 있었네요?"

"평소에 겉표지를 다른 책 표지로 싸서 다녔어요. 불시에 검속을 당해도 모르도록."

박열은 책을 들여다보다가 고개를 가로저었다.

"이보다 더 좋은 생각이 있습니다. 이왕 우리가 책을 내기로 했다면요."

"어떤 책이 더 마음에 드세요?"

"우리가 쓴 책."

"네?"

나는 어리둥절했다. 나는 그때까지 책을 읽기만 했을 뿐 쓴다는 생각은 해보지 못했다. 감히 내가 세상 사람들이 읽을 책을 쓴다는 건 상상도 해보지 않았다. 내가 원한 건 다른 작가의 책이었지, 감히 내가 쓴 책을 내겠다는 건 아니었다.

"당신이라면 몰라도 나는 당치 않아요. 내가 책을 써서 내면 우리 동지들 전체가 무시를 당하게 될 거예요."

"왜 그렇게 생각하십니까? 후미코 씨는 훌륭한 동지입니다."

"어쨌거나 전 글재주가 없어요. 글을 쓸 만큼 이론이 정립되어 있지도 않고요."

"그렇게 생각 말고 우리가 하고 싶은 말을 합시다. 후미코 씨만이 아니라 나와 내 동지들의 글을 실읍시다. 잡지를 만들어서 꾸준히 세상에 내놓읍시다."

아. 나는 등줄기에 전기가 스쳐 지나가는 듯한 느낌을 받았다. 내 생각을 글로 쓰고, 그 글이 훌륭한 동지들의 글과 함께 나가는 걸 생각하니 소름이 돋을 정도로 좋았다.

"글의 힘은 무서운 것입니다. 나도 그렇고 후미코 씨도 책을 읽고 사상이 정립되지 않았습니까? 보다 많은 사람들이 우리의 책에 영향을 받기를 나는 원합니다. 그리고 우리의 적들이 우리의 글을 읽고 우리처럼 생각하고 전향되기를 바랍니다."

나는 진지하게 말하는 박열을 바라보았다.

'그래, 이런 거야. 이런 길을 찾아낸 거야. 이 사람을 만나서 이런 세상을 마주하게 된 거야. 저렇게 강하고 확신에 찬 눈길은 정말 무서운 거야. 그래서 다들 저 비쩍 마른 가난뱅이 남자를 따르는 거야.'

나는 슬그머니 박열의 부리부리한 눈길을 피해 창밖으로 고개를 돌렸다. 가슴이 두근거렸다. 나는 이제 무서운 남자랑 사는 거구나. 저 남자랑 함께 길을 가는구나.

열어놓은 창을 통해서 훈훈한 봄바람이 스며들었다.

3

잡지를 만들기 위해 가장 먼저 할 일은 동지들에게 뜻을 전하고

그들에게서 원고를 협조 받는 일이었다. 그리고 그다음이 자금을 만드는 일이었다.

"동지들 중에 돈으로 보탬이 될 동지는 누구일까요?"

나에게 있어서 동지들이란 바로 흑도회의 회원들을 뜻한다. 박열은 이미 흑도회의 동지들에게 기관지로《흑도》를 창간하자고 발제해서 전원 찬성을 얻어냈다.

"그럴 만한 여유를 가진 동지는 없습니다."

나도 어느 정도 예상은 했었다.

아나키스트나 사회주의자라고 해도 다 같은 부류는 아니다. 사실은 부르주아 층의 겉멋 들린 학자나 사회주의자들과 어울려 다니는 부유한 학생층도 많았다. 그런 경우, 이론은 입에 달고 살지만 생활은 전혀 다른 부류가 많았다.

박열은 그런 부류에 대해서 단호하게 입회를 거부했다. 그는 정말 무산자 계급이고, 무산자 계급을 위해서 현장에 나가 함께 싸워 줄 동지들을 원했다.

"나도 이제 나가서 돈을 벌어야겠어요."

나는 담담해져서 말했다. 그러나 오뎅 가게 따위에서 일해서는 별로 돈이 되지 않을 것 같았다. 조선말을 할 줄 아는데, 그걸 이용하면 되지 않을까 싶었다.

"조선 옷…… 그 저고리랑……."

"치마저고리?"

"한 벌 구해야겠어요."

"갑자기 조선 옷이 입고 싶어졌어요?"

흐흥. 나는 혼자 생각에 빠져서 콧소리를 내며 웃었다. 고생은 자신이 있다. 목적이 뚜렷하다면 그까짓 행상 정도는 얼마든지 할 수 있다.

장마가 시작되기 전 어느 오후였다. 후덥지근하기만 한 도쿄의 거리를 열심히 돌아다녔다. 조선 여자들처럼 저고리와 치마를 입고 검은색 에나멜 구두를 신었다. 그러고는 비단으로 싼 보따리를 들고 집집마다 찾아다니거나 회사들을 찾아다녔다.

보따리 속에는 말린 인삼이 들어 있었다. 조선 여자인 것처럼 속이려는 것이 아니고, 가지고 다니는 인삼은 정말로 조선 인삼이었다. 본래 인삼이라고 불러도 되는 것은 조선의 고려인삼만을 뜻한다. 그러니까 중국의 전칠삼이나 일본의 화삼과는 질적으로 다른 것이다.

조선에 살 때, 많은 일본인들이 인삼을 사려고 들었던 걸 나는 기억해냈다. 정말로 인삼은 생각보다 잘 팔렸다.

그렇지만 인삼의 약점은 여름이 되면 더 이상 팔 수 있는 인삼이 돌아다니지 않는다는 점이다. 가을철에 조선에서 나오는 인삼은 초봄이면 모두 소진된다. 그렇다고 해서 제대로 보관하기도 어렵고 가공을 한 홍삼은 일단 구입하는 값이 비싸져서 행상으로 팔기에는

너무 고가의 상품이 된다.

그러니까 아직 팔지 못한 인삼은 여름이 오기 전에 열심히 팔아야 한다. 날이 습해지고 더워질수록 인삼을 보관하기가 나쁘기 때문이다.

그렇다고 해서 조금씩만 사다가 팔려고 들면 가게만 이익이지 행상으로서는 남는 게 없다.

챙겨 나간 인삼이 다 팔려서 일찍 집으로 돌아왔다. 골목 어귀로 들어서면 당연히 사복을 입은 경찰이 지켜보고 서 있거나 동네 아주머니들을 붙잡고 이야기를 나누는 모습이 보이고는 했는데, 어쩐 일인지 오늘은 보이지 않았다.

순사가 아주머니들에게 하는 말은 거의 비슷하다. 위험한 인물들이니 접근하지 말라는 둥, 괜히 가까이 지내다가 연루되면 큰일 난다는 둥의 헛소리를 하는 것이었다. 그런데 이상하게 아무도 보이지 않았다.

피곤한 몸으로 집에 들어와서 보따리를 정리하고 옷을 벗다가 다다미 위에 놓인 쪽지를 발견했다. 박열이 남긴 쪽지가 틀림없었다. 만일 다른 동지가 두고 갔다면 이렇게 깊은 구석에 놓고 갈 리가 없기 때문이다.

귀가하는 대로 오시마초의 제강공장으로 와주시기 바랍니다. 숫자가

많이 모자랍니다. 나는 최대한 동지들을 규합하기 위해서 먼저 가겠습니다.

나는 깜짝 놀라서 옷을 편하게 갈아입고 달려 나갔다. 오시마초의 제강공장이라면 오시마제강공장을 말한다. 그리고 그 제강공장은 순노동조합의 조합원으로 가입되어 있다.

순노동조합은 오스기 선생의 영향력 아래에 있었다. 외부 인사지만 지도부장 정도의 직함이었다. 그리고 박열을 비롯한 흑도회원들은 오스기 선생과 교류하고 있었기 때문에 조합원들이 쟁의를 일으키면 당연히 흑도회 전체가 지원을 나가야 했다.

때가 때이니만큼 언제나 쟁의는 쉽지 않았다. 전체주의로 나가는 길목에서 노동쟁의는 사업주에게 반기를 드는 활동 정도로 인식되지 않았다. 노동쟁의는 정부의 입장에서 볼 때 전 국민의 단결을 해치는 행위였다.

박열이 특히 나를 부르는 데는 이유가 있었다.

벌써 두 달 가까이 버티는 중인 쟁의는 동력이 떨어질 대로 떨어져서 조합원들의 사기는 엉망이었다. 경찰은 이제나저제나 이유를 만들어서 밀고 들어가려고 하고, 조합은 공장에 불을 지를 기세로 버티는 중이었다.

지칠 때에는 외부에서 새로 투입되는 동지들이 힘이 된다. 그러니까 새로운 얼굴들이 '이제 다시 시작합니다.' 하는 의미로 보태

져야 한다.

게다가 경찰들이 밀고 들어올 때를 생각해서 여자들이 필요했다. 아무리 경찰들이 포악해졌다고는 해도 아직까지는 여자를 함부로 짓밟지 못했다. 그들에게 도덕성이 있을 리가 없지만 세상의 눈이 무서운 것이다.

나는 여자 동지 몇몇과 함께 먹을 것을 가지고 제강공장으로 향했다. 경찰과 함께 사측에서 부리는 깡패들이 살기 띤 눈으로 주변을 에워싸고 있었다.

나는 약간 겁을 집어먹는 여자 동지들을 이끌고 당당하게 정문으로 향했다. 정문을 막아선 경찰들이 나와 일행을 가로막았다.

"들어가지 못한다."

"먹을 것만 주고 나올 겁니다. 굶어서 죽으라고 하는 건 아니죠?"

"먹을 것만 있는 게 맞냐?"

"열어보세요."

나는 음식 바구니를 내밀었다. 경찰이 내 바구니뿐 아니라 동지들의 바구니 속을 차례대로 모두 검사했다. 바구니 안에는 정말로 먹을 것밖에 없었다. 단속에 걸릴 만한 게 있다면 아예 들어가지 못할 수도 있으니까 집어넣지 않았다.

"전부 다 들어갈 필요는 없다."

"그럼 대신 들어주시게요?"

"교대로 들어가면 되지 않나?"

"그냥 두고 나올 거예요. 저 안에는 생활할 곳도 없는데 여자들이 들어가서 오래 있을 수나 있겠어요?"

사실이었다. 이미 전기도 물도 다 끊긴 상태였다. 경찰이 그냥 물러나면서 말했다.

"경찰을 속이면 후회할 일이 생길 거다."

"그렇겠지요. 순사나리."

나는 은근히 비꼬아준 다음 동지들을 몰고 당당하게 공장 안으로 들어갔다.

"다쳤어요?"

박열을 한쪽 구석으로 데리고 간 나는 그의 광대뼈 부분이 퉁퉁 부어오른 것을 보고 놀라서 물었다. 박열이 싱긋 웃었다.

"우리는 밀고 들어와야 하니까."

"뒤로 온 게 아니라 밀고 들어왔어요?"

"일부러 정문을 택했습니다. 우리의 강력한 기세를 보여주려고."

하여간 생각하는 게 종잡을 수 없는 남자다. 정문으로 들어왔다면 숫자가 꽤 많았을 것 같다. 주변을 돌아보니 정말 듣던 것보다 숫자가 꽤 많이 늘어나 보였다.

"경찰도 그렇고 사측에서 사들인 깡패들도 엄청나게 많던데요?"

"이제 곧 진압하려고 들 겁니다. 그 낌새를 채고 우리도 몰려온 것이고요."

"그럼 여기 오래 있지는 않아도 되겠네요."

나는 박열에게 주먹밥을 주면서 일부러라도 더 명랑하게 웃었다. 박열은 주먹밥을 먹으면서 나를 기분 좋게 쳐다보았다.

"조심해야 합니다. 곱게 끝날 리는 없으니까."

"당신이나 광대뼈 조심하세요. 난 이제까지 얼굴을 얻어맞은 적 없어요."

사실이었다. 나는 맞는 요령이 있었다. 쟁의를 하다가 부딪치게 되면 머리를 숙이고 어깨로 부딪치면서 기어가듯이 몸을 웅크린다. 어려서 매를 맞을 때면 그렇게 해서 얼굴을 보호했다. 학교에 멍이 든 얼굴로 가면 창피스러우니까.

"바보같이 얼굴 빳빳하게 들지 말아요."

하하하. 박열은 입안의 밥알을 튀기면서 유쾌하게 웃었다.

밤이 깊어가면서 긴장감이 감돌았다. 긴장감과 함께 지루하기도 한 느낌이다.

농성은 언제나 그렇다. 처음 며칠간은 토론회도 개최하고 구호와 노래도 곁들여서 마치 행사처럼 시간을 보내지만, 쟁의 기간이 길어지면서 점점 그런 분위기도 시들해져간다. 그러면서 또 위기감도 들고 여러 가지 잡다한 생각-쟁의 뒤에 올 후폭풍과 불이익과 경찰서 풍경 등-으로 심란해지기 시작한다.

사측은 그렇게 될 때를 충분히 기다린다. 경찰로서는 무언가 진

입할 핑계를 착실히 만들면서 진입 준비를 하고 대기한다. 그러다가 때가 되면 진입하는 핑계는 언제나 비슷하다. 누군가 안에 있는 인물을 체포해야 한다는 괴상한 이유가 생긴다.

체포될 사람이 알아서 나가면 그만인데, 먼저 누구를 나오라고 하지 않고 다만 세상에 그렇게 떠들기 시작할 뿐 실제로 농성장 안에 통보하지 않는다. 그들이 통보한 곳은 조합이 아니라 신문이다. 그리고 신문은 조합원들에게 반입될 수 있는 게 아니다.

비가 내리기 시작했다. 금방 양철 지붕 위로 떨어지는 빗방울 소리가 요란했다.

공장의 한쪽에 인화물질을 잔뜩 쌓아놓았다. 제강공장이니 기름과 유황은 넘친다. 그 자리를 교대로 지키는 조합원들은 경찰이 들이닥치면 언제라도 불을 붙이기로 하고 지키는 중이다. 그중 하나가 혹시라도 비가 샐까 봐 점검하려고 지붕으로 올라갔다.

나는 다른 여자 동지들과 함께 남자들과는 따로 칸막이가 쳐진 사무실로 들어가서 그곳에 널빤지를 깔고 누워 있었다. 박열과 시간을 보내고 싶었지만 쟁의 중에 농성장에서의 그런 짓은 동지들 간에 엄격하게 금지되어 있었다.

빗소리를 들으면서 잠을 청해보았다. 그다지 멀리 떨어져 있는 것도 아닌데 박열의 품이 그리웠다. 사람의 품도 중독성이 있는 것인지 잠이 오지 않아서 뒤척이게 되었다. 다른 동지들도 마찬가지

인 듯 뒤척거리고 한숨 소리가 간간이 흘러나왔다.

그때 밖에서 쿵 소리가 났다. 놀라서 벌떡 일어났다. 옆의 동지들도 무슨 일인가 해서 고개를 들었다. 나는 밖으로 뛰쳐나갔다.

이미 인화물질을 쌓아놓은 부분의 천장이 무너지면서 빗물이 그 위로 쏟아져 내리고, 깡패들이 위에서 아래로 뛰어내리는 게 보였다. 조합원들이 뒤엉겨서 싸움이 벌어지고 있었다.

입구를 돌아보았다. 곤봉을 든 경찰들이 몰려들고 있었다. 나는 뒤에서 우르르 나온 동지들과 스크럼을 짰다. 여자끼리 스크럼을 짜고 앞에 나서서 진입을 막을 참이었다. 그런데 등 뒤에서 와당탕 무너지는 소리가 났다. 놀라서 돌아보니 이번에는 담벼락이 무너져 내리고 있었다. 경찰들이 무너진 담벼락을 통해서 돌격하듯이 뛰어 들어왔다.

그다음부터는 기억도 하기 어려울 만큼 혼란스러웠다. 조합원들과 동지들이 경찰들과 엉겨서 뒤죽박죽이 되어가고 있었다. 울부짖음과 비명 소리와 욕설이 공장 전체를 뒤흔들었다.

여자들은 그 상태와 달리 앞에 나타나서 대치하고 선 경찰들과 서로 맞대면을 한 채로 멀거니 바라볼 수밖에 없었다.

"몰아!"

누군가가 소리쳤다. 그러자 경찰들은 우르르 달려들어서 우리들의 머리채를 잡아서 문밖으로 끌어내기 시작했다. 우리들은 머리채를 잡혀서 문밖의 흙마당에 무더기로 내팽개쳐졌다.

퍽. 퍽. 발길질 소리와 비명 소리가 들려왔다. 나는 머리를 숙이고 몸을 잔뜩 웅크렸다. 매는 팔뚝이나 등으로 맞아야 한다. 옆구리나 배로 맞으면 두고두고 고생한다.

등짝에 둔탁한 충격이 왔다.

3장 · 뻔뻔스러운 조선인

1

비가 주룩주룩 내렸다. 창살을 통해 보이는 바깥 풍경은 을씨년스럽기 짝이 없었다. 유치장의 시멘트 바닥에 서로의 몸을 밀착하고 앉은 나와 동지들은 밖의 일이 어떻게 돌아가는지 알 수 없었다.

여자들만 먼저 경찰서 유치장에 갇히고, 남자들은 숫자도 많고 흥분된 상태였기 때문에 경찰서 마당에서 무릎을 꿇린 상태로 통제되는 것을 본 것이 사흘 전이었다. 그런데 이후로 남자들이 유치장으로 들어서는 기색은 없었다.

사흘째가 되면서 면회가 허락되었는지 하쓰요가 왔다. 하쓰요와 유치장 창살을 사이에 두고 마주 서서 이야기를 나누었다.

"박열 씨는 시나가와로 연행되고, 구리하라 씨는 이케부쿠로로 연행되었어. 대강 다들 그렇게 서너 군데로 흩어지게 되었어."

"다쳤어?"

"아니, 괜찮아. 너는?"

"난 괜찮아."

발목이 시큰거렸지만 그런 걸 말해서 혹시라도 박열의 귀에 들어가게 하기는 싫었다.

"곧 풀려날 것 같아."

하쓰요는 경찰들의 눈치를 보며 말했다.

"주동자들만 빼고 나머지는 다 풀려난다는 이야기가 있어. 조합과 공장이 합의를 본 것 같아."

"주동자는 남겨진다는 거야?"

"걱정 마. 박열 씨는 나중에 지원을 나간 거니까 주동이 아니잖아."

아, 그렇지. 갑자기 동지들이 고생하는데 자기 남자만 챙기는 마음을 들킨 것 같아서 무안했다.

"비 맞고 다녀서 어떡해?"

갑자기 하쓰요의 폐병이 걱정되었다. 창백한 얼굴이 비에 젖어 있으니 더 아파 보였다.

"나야 금방 집으로 가는 걸. 그나저나 여기는 여자들한테 담요도 주지 않아?"

"밤에는 주니까 걱정 마."

"나와서 보자."

하쓰요는 철창 사이로 지폐를 몇 장 쥐어주었다. 사실 나로서는 아주 요긴한 돈이었다. 그동안 동지들이 가지고 있던 돈을 모아서 전부 도시락을 사 먹었기 때문이다. 도시락을 시켜서 먹지 못하면

정부에서 주는, 도저히 먹을 수 없는 가다밥을 먹어야 한다.

아픈 몸을 이끌고 비를 맞으며 와준 하쓰요가 너무 고마웠다.

경찰서를 나와서 시나가와로 박열을 만나러 갔다. 마침 박열도 이제 막 풀려나온 참이었다. 광대뼈의 부기는 많이 가라앉았지만 대신 입술이 터지고 부어올라 있었다. 일주일이 지났는데도 부어올라 있는 걸 보면 난리 통에 꽤 많이 다친 모양이다.

"얼굴이 성할 날이 없네요."

"비난하는 겁니까?"

"그렇게 약해서 어디 투사라고 할 수 있겠어요?"

"이제 유도라도 좀 배워야겠습니다."

서로 바라보면서 피식 웃었다.

"후미코 씨는 다치지 않았습니까?"

"다치지 않았어요."

박열의 손을 잡아끌며 씩씩하게 걷기 시작했다. 발목에서 약간 이상한 느낌이 왔지만 티 내지 않았다.

"답답했어요."

"이제부터 또 답답하게 생겼습니다."

"왜요?"

"시간을 허비해서 제 시간에 잡지를 내려면 원고에만 고개를 박고 지내야 할 것 같습니다."

"그건 갑갑한 게 아니잖아요. 그건 우리가 자유로 하는 일이고 경찰서에 들어앉아 있는 건 누군가가 자기들이 가진 힘으로 우리를 누르고 가둔 거잖아요."

"그렇게 생각하시면 안 됩니다. 우리가 힘이나 시스템에 갇혀서 압박을 받는다면, 그 상태를 이용해서 또 그들과 싸움을 하는 게 바로 우리들의 투쟁방식 중 하나여야만 합니다."

덜컥. 나는 박열의 말에 가슴에서 무언가가 툭 떨어지는 느낌이 들었다. 그렇구나. 그런 거구나. 그들의 힘에 눌리지 말고 그 상태까지도 자기 투쟁의 장으로 삼아야 하는 거였구나.

박열의 단단하기 짝이 없는 의지에 다시 한 번 놀랐다. 그리고 깨달았다. 박열은 나의 남자이기도 하지만, 동지이기도 하지만, 이 세상에 둘도 없는 스승이라는 것을.

"이제 잡혀가서도 고분고분하면 안 되겠어요."

나는 진심을 담아서 말했다.

2

장마가 시작되었다. 나는 주룩주룩 내리는 비를 맞으면서 인삼을 팔러 다녀야 했다. 그나마 떼어올 수 있는 인삼이 다 떨어지면 무엇을 팔아야 하나 걱정이었다. 잡지를 내는 데에 돈이 더 필요했기 때

문이다. 먹고사는 부분은 구리하라 동지와 나가타 동지가 도와주어서 근근이 생활하고 있었다.

발목이 아팠지만 박열이 나서지 못하게 할까 봐 아닌 척하고 보따리를 챙겨서 집을 나섰다. 한 손에는 우산을 들고 한 손에는 보따리를 들고 빗속을 절룩대며 걸어가다 보니, 누군가가 내 모습을 보면 처량 맞고 불쌍해할 것도 같았다.

그러나 나는 마음속에 '그렇게 보려면 보시지요.' 하는 마음이 더 컸다. 인삼만 사준다면 거지 취급을 당해도 된다. 그런 눈초리쯤은 수도 없이 받아왔다. 그때는 서러웠지만 이제는 전혀 서럽지도 않고 화가 나지도 않는다.

이건 싸움이야. 당신들과 우리 동지들의 싸움이야. 아니, 더 깊게 들어가면 당신들과 나의 싸움이야. 그러니까 뭐든 해야지. 천대쯤은 감당할 수 있어. 욕지거리도 감당할 수 있어. 잡혀가서 곤봉 세례를 받거나 찬 시멘트 바닥에서 뒹굴게 되는 것쯤은 기꺼이 받아들이겠어.

해가 지도록 인삼을 팔러 다녔다.

밤에 집으로 들어가려는데 중년의 사내 하나가 앞을 가로막았다. 한눈에도 특고가 아닌가 싶은 인상이었다. 정치범이나 사상범 혹은 독립운동을 하는 조선인 비밀결사를 잡으러 다니는 특고들 중 하나였다. 동네에서 자주 눈에 뜨이는 기분 나쁜 인상의 사내.

"가네코 씨?"

"그런데요?"

"같이 좀 갈까?"

특고는 명함을 내밀었다. 사토 형사. 경시청 소속이었다.

"내가 뭘 어쨌다는 거예요?"

"지난달에 우에노공원 집회에 있었지?"

우에노의 집회라면 조선인들의 독립선언 집회였다. 고이와에서 할 것처럼 해놓고 기습적으로 우에노공원에서 집회를 가졌다. 그런데도 불구하고 조선인들보다 일본인이 더 많았던 집회였다.

정부는 일본인들이 조선의 독립에 찬성해서 그렇게 많이 모인 것을 심각하게 생각한다고 들었다. 조선인 200명에 일본인 500명이라는 숫자가 경찰들로 하여금 핏대를 세우게 한 모양이다.

"그래서요?"

"잠시 조사할 게 있으니 따라와라."

"지금 이 보따리를 든 채로 가야 하나요? 집이 코앞인데?"

"오래 안 걸리니까 그냥 가자."

특고는 먼저 돌아서 걷기 시작했다. 동네 사람들 앞에서 팔을 잡힌 채 가기는 싫어서 그냥 곱게 뒤를 따랐다.

경시청까지는 가지 않았다. 그렇다고 파출소로 간 것도 아니고, 평소에 분실로 사용하는 듯한 큰길가의 작은 사무실로 끌려갔다.

사무실 안은 책상 몇 개가 있고 소파와 서류함들이 지저분하게 놓여 있었다. 선풍기가 덜덜대며 돌고 있어서 좀 춥게 느껴졌다.

사무실 안에는 특고 두 명이 더 앉아 있었다. 특고는 그 가운데로 끌고 가서 의자에 앉혔다. 여자 하나를 특고 셋이 둘러싸고 앉은 형국이다.

"가네코 후미코."

나이가 더 들어 보이는 특고가 책상에서 서류철을 들어 들추며 말했다.

"이해하기 어렵다는 말이야. 사회주의 건 무정부주의 건 다 좋은데 어째서 불량한 조센징들 편을 드는 거냐?"

"내선일체라면서 그런 차별을 하나요?"

"그냥 조센징 말고 조센징들 중에서도 불량한 놈들 말이다."

"나에게는 그런 구분이 없습니다."

"선량하고 불량한 구분이 없다는 말이냐?"

"일본인과 조선인의 구분이 없다는 말입니다."

"너희 같은 족속들이 바로 나라를 좀먹는 반역자 놈들이다."

"천황이 아니고요?"

"입조심해라."

쾅. 머리에 충격이 왔다. 사토가 두툼한 책으로 후려친 것이었다. 나는 고개를 돌려 사토를 노려보았다. 맞는 게 무서워서 두 손을 모으고 고개를 숙이던 어린 시절의 내가 아니다. 밥 한 끼 얻어먹으려

고 흙마당에 꿇어앉아서 스스로도 잘 모르는 죄를 빌던 어린 후미코가 아니다.

"너희들, 요즘 이상한 것 만들고 있지?"

나는 입을 꾹 다물었다. 끌려온 이유를 알겠다. 지난 일을 일부러 들추는 이유는 바로 지금 만드는 중인 흑도회의 잡지를 방해하려는 거였다.

"입 다물면 모를 줄 알아?"

"심문하고 싶으시면 정식으로 체포하시죠?"

"이 돼먹지 않은 계집애야. 불량한 조센징들하고 어울리면서 자기 조국이 어딘지도 모르는 너 같은 건 일본의 수치다."

"그렇게 말하는 사람은 인간의 수치라는 걸 아세요. 사람을 태어난 곳에 따라 차별하는 인간은 이웃도 자기 자식도 차별하더라고요."

"뭐야? 네가 감히 나를 훈계하는 거냐?"

"훈계 따위는 하지 않아요. 알아듣지도 못할 테니까."

나이 든 특고가 서류철로 책상을 탕탕 쳤다.

"그만해둬."

그러고는 나를 향해 삿대질을 하며 말했다.

"조심해라. 반역죄로 집어 처넣기 전에 똑바로 해."

"내가 나한테 놀랄 만큼 너무 똑바로 하고 있으니까 내 걱정까지는 안 해주셔도 좋아요."

“알아는 둬라. 박열 같은 요시찰 조선인과 살면 너도 요시찰 인물이 된다. 박열이 요시찰 조선인 갑호인 건 알고 있지?”

요시찰 인물들은 갑호와 을호로 구분한다. 1916년 7월 1일자 내무성 훈령 제681호 요시찰소전인 시찰내규에 따르면 갑호와 을호에 해당하는 자는 다음과 같은 조선인이다.

갑호

1. 배일사상의 신념이 두터운 자 또는 배일사상 소유자들 사이에 세력이 있는 자.

2. 항상 배일사상을 고취하거나 업무상의 관계를 그 고취에 이용할 우려가 있는 자.

3. 배일사상 소유자 또는 그럴 의심이 있는 자 또는 이들과 연락관계가 있는 자로서, 거소 업무 등의 관계에 있어 폭발물 및 기타 위험물을 영유하는 데 유리한 자.

4. 배일사상 소유자로서 조선에 있거나 외국에 있는 뜻을 같이하는 자와 자주 통신왕용을 하는 자.

5. 배일사상 소유자 또는 그럴 의심이 있는 자로서 위험한 행동에 나설 위험이 있는 자 혹은 조포교격한 언동을 하는 자.

6. 기타 배일사상 소유자 또는 그럴 의심이 있는 자로서 특기 엄밀한 시찰을 요한다고 인정되는 자.

을호

1. 배일사상 소유자 또는 그럴 의심이 있는 자로서 갑호에 해당되지 않는 자.

2. 본인의 성행, 경력, 평소의 품행, 구독하는 신문이나 잡지 기타 관계에 의해 배일사상에 감염될 경향이 있는 자.

한편 이들 요시찰 인물에 관해서는 거주지의 행정기관에 의한 명단 작성(제2조), 그들의 왕래, 통신, 회합, 저작과 번역, 출판, 전도 등 동정의 탐이(제3조) 필요한 경우에는 직접 감시 또는 미행(제4조) 등이 명시되어 있다.

나는 웃어버렸다.

"내가 그렇게 거창한 인물이 되다니. 고마울 따름입니다."

나이 든 특고가 머리를 흔들었다.

"철이 없군. 남자한테 미쳐서."

"무언가에 미쳐본 적은 있어요?"

나이 든 특고가 나를 물끄러미 쳐다보다가 사토에게로 고개를 돌렸다.

"보내."

나이 든 특고는 돌아앉아 버렸다. 사토가 나가라고 손짓했다. 일어나서 문으로 나가는데 사토가 등 뒤에서 말했다.

"또 만나게 될 거다."

들은 체도 않고 나와서 우산을 펼쳐 들고 걸었다. 관자놀이의 느낌이 이상해서 우산을 어깨에 걸치고 만져보니 피가 흐르고 있는 것 같았다. 유치한 놈들. 나는 혼자 미친 것처럼 헤실헤실 웃었다.

집에 도착해서 보니, 이번에는 구리하라가 마스크를 하고 문가에서 있다.

"얼굴 왜 그래요?"

"일이 좀 있었습니다."

"구리하라 씨도 우에노공원에 있었어요?"

"내가 사준 빙수까지 먹고 딴소리하는 겁니까?"

아하하하. 서로 마주 보고 웃었다. 구리하라는 많이 다쳤는지 웃음소리가 이상했다.

박열이 안에서 나오며 물었다.

"왜들 비 오는데 밖에서 그럽니까?"

나는 그가 얄미워서 흘겨보았다.

"혼자만 멀쩡하네요?"

박열이 무안한 듯 웃었다. 경시청에서는 박열을 건드리기보다는 계속해서 주변을 건드렸다. 겁주고, 잡아 가두고, 린치를 가했다.

박열은 그렇게 해봐야 아무 효과가 없다는 걸 안다. 게다가 박열의 주변 인물들은 일본인들이 많고, 신문기자부터 유명한 학자들까지 영향력 있는 인물들이 많다. 그러니까 박열의 주변을 괴롭혀서

박열에게 정신적으로나 생활적으로 타격을 입혔다.

물론 박열은 끄떡도 하지 않는다. 동지들에게 미안한지 미안하지 않은지도 알 수 없다. 그는 강요도 하지 않지만, 그렇다고 해서 생각해주는 태도도 보이지 않는다.

"내가 죽을 쑤었습니다, 조선식으로. 비오는 날에는 최고죠."

박열이 프랑스 식당의 웨이터처럼 허리를 굽히면서 팔을 내밀어 안으로 들어오라는 몸짓을 했다.

"그럼 먹어볼까?"

구리하라와 나는 안으로 들어갔다.

3

첫 작품《흑도》가 나오는 날, 동지들 모두가 함께 모여서 축하 자리를 만들어주었다. 정말 오랜만에 예전에 일하던 이시가와의 '사회주의 오뎅'에서 밤늦게 모였다. 사실 편집 방향이나 그런 건 나와 박열의 손에서 잡힌 것이었다. 그러나 동지들의 글이 빠짐없이 실렸다.

박열은 '창간에 즈음하여'라는 머리글을 읽었다. 동지들이 박수를 쳤다.

우리들은 인간으로서 약자의 절규, 소위 불령선인의 동정, 그리고 조선인의 내면 등을 아직 피가 굳지 않은 인간미를 지닌 많은 일본인들에게 소개하기 위해 흑도회의 기관지로서 잡지 《흑도》를 간행한다. 우리들의 앞길에는 수많은 장애물이 도사리고 있다는 것을 알고 있다. 그러나 그 장애물들을 모두 정복했을 때, 그리고 많은 세상 사람들이 우리들을 돌아볼 때 바로 그때 우리들의 날은 다가올 것이다. 그때야 비로소 참된 일조융합, 아니 만인이 갈망하여 마지않는 세계융합이 실현될 것이다.

나는 동지들 앞에서 자랑스럽게 박열과 내가 쓴 편집후기를 읽었다. 후기는 먼저 내가 한 이야기로 시작되었다.

낡은 방 이층에서. 나는 인간으로서 살아 움직이고 있다. 나는 이러한 이유에 기초하여 연약한 여성으로 간주되는 걸 거부한다. 이와 동시에 그런 전제 위에 서 있는 모든 은혜를 단호히 거절한다. 상대를 주인으로 섬기는 노예, 상대를 노예로 보고 가엾게 여기는 주인, 나는 이 둘 모두를 거부한다.

마치 선언과도 같은 후기였다. 그리고 박열의 지난 시간들에 대한 회고로 이어졌다.

미리 계획했던 잡지《흑도》가 금일에야 도쿄의 한구석에서 빈약하지만 힘차게 고고의 성을 울렸다. 여느 때와 다름없이 난산이었다는 것은 논할 것까지도 없다.

확실하지는 않지만 두 명의 산파와 본인의 생각으로는 7월 1일이나 2일경이었던 듯한데, 마루노우치의 붉은벽돌 병원에 근무하는 의사선생님이 친절하게도 불쑥 병문안을 와서는 아직 잡지도 않은 너구리를 두고 독장수 셈하는 식으로, 아니 태어나지도 않은 자식의 얼굴 모습과 그 아이의 장래 목표까지 상세하게 물으셨기 때문에, 뱃속의 아이도 조금 무서웠는지 나올 때가 되었는데도 애를 먹이며 나오려 하지 않았다. 그뿐만 아니라 요즘과 같은 불경기에 빵과 마라톤을 해서 늘 꼴찌를 면치 못하고 있는 우리들에게 사무라이는 자꾸 먹으라고 권하지만 아무리 힘을 써도 원기를 회복할 수가 없다.

이런 상황에서 목숨을 걸고 빵을 계속 쫓고 또 한편으로는 붉은벽돌집 주인에게 계속 쫓기면서도, 무슨 일이든 해서 조금, 아니 많이 놀라게 하리라는 희망을 품고 있었으나 여러 가지로 부대끼다 보니 이렇게 빈약하고 보잘것없는 것을 내놓아야 할 운명에 처하고 말았다.

모두들 즐거워했다. 얻어맞고, 끌려 다니고, 온갖 공갈과 협박에 계속해서 발간 중지를 놓고 을러대는 감시하에서 결국 잡지는 나왔다. 더 없이 행복했다.

나는 무언가를 해냈다는 성취감으로 가슴이 터질 것 같았다. 그

렇지만 동지들이 사상적으로 분열하는 면이 있다는 게 마음에 걸리기도 했다. 흑도회는 사회주의와 무정부주의라는 두 갈래에서 결국 합쳐지지 못하고 서로 다른 길을 걷기로 합의했기 때문이다.

그래서 결국 《흑도》는 2호로 끝나고 새로운 잡지가 탄생하게 되었다. 새로운 잡지의 제목은 《뻔뻔스러운 조선인》이었다. 원래는 《불령선인》이라고 하려 했는데, 경시청에서 절대로 허가할 수 없다고 해서 제목을 바꾸었다.

《뻔뻔스러운 조선인》 간행에 즈음하여. 일본 사회에서 혹독하게 오해를 받고 있는 '불령선인'이 과연 앞뒤 안 가리고 암살, 파괴, 음모를 도모하는 자인가 아니면 어디까지나 자유를 향한 열정을 안고 살아가는 인간인가를, 우리들과 유사한 지경에 처해 있는 많은 일본인 노동자에게 고함과 동시에 《뻔뻔스러운 조선인》을 발행한다.

잡지를 내는 동안 박열은 계속해서 공장에 다니고 나는 수건 행상을 했다. 그러면서 둘이 하는 일은 꾸준히 책을 읽고 글을 쓰는 것이었다.

나는 덕분에 많은 것을 공부했다. 그동안 내가 호적이 없는 무적자로 태어나서 제대로 인간으로 대접받지 못하는 것에 분개했다면, 이제는 조선인들에 대한 탄압과 '에타'라고 불리는 피차별부락민들에 대한 압제에 분개했다. 자신이 겪었던 차별과는 다른 악랄한

시스템이 존재한다는 것을 깨달았다.

나와 박열은 그 부분에 대해서 잡지를 통해 계속해서 문제를 제기했다.

그런 가운데 집 현관에 문패 대신 '흑도'라고 간판을 걸고 지낸 까닭에 고등계의 특고들은 언제나 주변을 어슬렁거렸다. 일부러 그러기라도 하는 것처럼 박열은 당당하게 간판까지 걸고 보란 듯이 생활했다.

"쥐새끼처럼 숨어서 활동하지 않겠습니다."

박열은 내게도 그렇게 말했고 동지들에게도 그렇게 말하고는 했다. 어릿광대 같은 짓이라고 비난하는 동지들도 더러 있었지만, 나는 그의 행동이 조선인으로서 당당하고자 함을 알았다.

그런데 그런 행동 때문에 오히려 특고들은 안심하는 것 같았다. 반항적이기는 하지만 적어도 뒤로 음모를 꾸미는 자들로는 보이지 않았기 때문이다.

게다가 일본인들이 많이 포함되어 있는 정치결사단체이기 때문에 큰 문제를 일으키지는 않을 거라고 생각했다. 당시에 특고들은 오히려 그들이 대놓고 노동집회나 조선의 독립을 원해서 모이는 자들의 행동을 파악하는 데에 박열과 나를 기준점으로 이용하는 면이 있었다.

박열도 그걸 알았다.

"방심하고 있습니다. 우리에게 그다지 나쁘지 않습니다."

나는 박열이 일부러 드러내놓고 당당하게 행동하는 이유를 알고 있었다.

이 남자는 언제나 자신이 주범이고 다른 동지들은 모두 그저 사상가에 불과하다는 것을 세상에 보여주고 있는 것이다.

수많은 집회 현장이나 분규 현장에 나가고 불량한 잡지를 내놓는 상황이기 때문에 언제 어떤 일이 벌어질지 몰랐고, 그럴 때마다 동지들이 아닌 자신이 몸을 내어놓을 각오를 하고 있었다.

'뭐든지 내가 주동이다.'

박열은 항상 맨 앞에 서 있었다.

4장 · 들개는 길을 잃지 않는다

1

잡지를 만들고 끝없이 학습하면서 가을이 지나고 겨울이 지나갔다. 나는 그동안 열심히 인삼 행상을 하면서 공부에 매달렸다.

박열이라는 남자를 사랑하면서 그의 사상을 더욱더 공감하고 싶었고 아는 만큼 공감할 수 있다고 생각했다. 그래서 미친 듯이 책을 읽고 밤이면 이불 속에서 그의 이야기를 들었다.

그의 이야기는 간단하고 명료하고 쉬웠다. 그는 공식적인 학력에 비해 놀랄 만큼 해박한 지식을 가지고 있었다. 그리고 스스로가 생각하는 혁명에 대한 이정표가 있었다. 그는 마치 지도라도 가지고 읽듯이 내게 투쟁의 방향을 말해주고는 했다.

놀라운 일은 박열보다 나이가 많은 '주의자'들이 조선에서 박열의 이론을 배우러 오기도 한다는 점이다. 그래서 우리 집은 항상 손님이 들끓었다.

그렇게 겨울을 지내고 봄이 오는가 싶더니 어느새 끝나가고 있었

다. 세월이 어떻게 지나가는지 모를 시절이었다.

'나, 가네코 후미코가 태어나서 이렇게 행복해보기도 처음인 것 같다.'

스스로 생각해도 정말 저절로 웃음이 머금어지는 행복한 나날이었다.

봄이 거의 지나갈 무렵부터는 더워지기 전에 바깥 공기를 실컷 마시자는 생각으로 나와 박열은 시외를 한없이 돌아다녔다. 그런 시간에는 이야기를 주고받으면서 밤이 새도록 걷는 일이 많았다.

하루 일을 마친 다음, 저녁을 먹고 어스름한 땅거미 속으로 빨려 들어가서 밤이 늦도록 걸었다. 하늘에 별이 떠오르고 새벽안개가 밀려들도록 손을 잡고 걸었다. 그러다가 마침내 동이 트기 시작하면 피곤한 몸을 서로에게 의지하고 집으로 돌아왔다.

그럴 때면 박열은 투쟁하는 아나키스트가 아니라 사랑에 빠진 로맨티시스트처럼 행동했다. 길가의 벤치에서 쉴 때면 발을 주물러주고, 무릎을 베고 눕게 하고는 머리칼을 손가락으로 빗질해주었다.

그러면서 그는 조선의 아름다운 풍경을 마치 노래라도 부르듯이 이야기해주었다. 아름다운 산과 들, 흐르는 강물에 대해서 이야기해주었다.

"나도 알아요. 그러나 당신처럼은 기억하지 못하겠어요. 나는 조선의 자연보다 조선의 시골 사람들이 참 좋았어요."

가끔 나는 조선에서 살 때의 이야기를 하다가 눈물을 흘리고는 했다. 친척들에게 구박받아서 배가 고팠을 때라든가, 몰래 밥을 가져다주던 아낙네 이야기라든가, 뒷동산에서 내려다보이는 헌병대에서 매를 맞던 조선인들의 이야기를 하다가는 곧 눈물을 흘리고는 했다.

"가슴 아파서 우는 것과 매를 맞으면서 아파서 우는 것과는 다른 거죠. 아파서 울기 시작하면 짐승이 되는 거잖아요."

"당신은 매를 맞고 울었나요?"

"그럼요. 많이 울었어요. 어렸을 때 말이에요. 덜 맞으려고 울고불고 매달리기도 했어요. 그래서 잘 알아요. 그게 어떤 것인가를."

"조선인들이나 당신이나 약자들이 항상 당하는 거지요. 어쩌면 자연이 그렇게 만들어진 것인지도 모릅니다. 지배와 피지배, 그리고 힘에 의한 차별이 존재하지요. 우리는 모두 힘을 가진 자들이 자기들 마음대로 계획하고 만들어낸 법칙에 의해 억압받고 있습니다. 그들은 자기들을 위해서 뭐든 만들어내고는 그걸 그대로 따르는 게 도덕적이라고 말하죠."

"그렇게 어렵게 말하지 않아도 다 알 만한 일이에요. 아주 단순해요. 빵을 가진 자는 배고픈 자에게 복종을 강요할 수 있어요."

나는 어려서부터 그 부분에 대해서는 아주 잘 알았다.

"고모는 나를 복종시킬 수 있었어요. 빵을 가지고 있으니까. 나를 때리고 짓밟고 내쫓거나 굶겨도 어쩔 수 없어요. 이번에는 굶기지

만 다음에는 줄 수도 있으니까 때리면 맞고, 시키면 했어요. 난 그런 방식을 잘 알아요."

"당신은 그걸 깨우쳤으니 대단한 사람입니다."

"그건 당해본 사람만 깨우쳐요. 만일 내가 유복하게 태어나서 편하게 자라고 그런 상황에서 헤매보지 않았다면 나도 아무 생각 없이 저들이 만든 제도에 따라서 행동하면서 전혀 느낌을 가지지 못했을 거예요. 그렇게 되면 내가 누구인지, 이 세상에서 내 존재가 어떻게 되는지, 무엇이 옳고 그른지를 알 수 없었겠죠."

"훌륭합니다."

"훌륭하지 않았어요."

박열이 위로했지만 나는 혼자 생각에 쿡쿡 웃었다.

"나는 정말 바보처럼 생각했어요. 말하자면 그들의 방식에 순응하게 된 거죠. 그래서 나도 그들의 위치에 올라가기 위해서 고학을 시작했죠. 자격시험에 합격한 다음 의전에 가려고 했어요."

하하하. 박열은 유쾌하고 웃고, 나는 그런 그의 명치를 세게 쥐어박았다.

2

날이 본격적으로 더워지기 시작한 어느 날, 오스기 사카에 선생

님에게서 연락이 왔다. 조선에서 온 누군가를 꼭 만나야 하니까 급히 시모노세키의 부둣가로 오라는 전갈이었다.

"함께 갑시다. 가네코 씨도 오스기 선생님을 존경한다고 하지 않았습니까?"

"오스기 선생님께서 왜 시모노세키에 계실까요?"

"그곳에 누군가가 온 모양입니다."

"나야 좋지요. 꼭 뵙고 싶었어요."

나는 항상 고토쿠 슈스이 선생을 살아생전에 만나지 못한 것이 안타까웠다. 그 사람의 글을 읽고 배우지만 직접 눈으로 그 사람을 만나고 눈빛을 보고 목소리를 듣고 싶었다.

오스기 사카에 선생에 대해서도 말할 바가 없다. 직접 만나고 싶은 생각이 굴뚝같았다. 박열과는 막역한 사이니까 박열의 여자라고 하면 나를 다르게 보아서 대화라도 해줄지 모른다는 철없는 희망을 가졌다.

그런데 그런 오스기 선생을 만나는 데다가 사랑하는 남자와 여행이라니. 무슨 일인지도 모르면서 나 혼자 신나는 여행이었다.

열차 안은 밖에서 쏟아지는 햇살에 기차 자체가 내는 열기까지 더해져서 찜통이 따로 없었다. 3등칸은 온통 땀내와 지린내가 진동했다. 무더위 속에 발 디딜 틈도 없이 많은 사람들이 빼곡하게 들어차서 숨을 들이켜고 내쉬는 것도 힘들었다.

나는 열차의 창 쪽에 몸을 밀어붙이고 앉아서 책을 읽었다. 힘든 시간을 보내야 할 상황에서는 책을 읽는 것보다 나은 방법이 없다.

박열은 책을 읽기보다 늘어지게 자는 쪽을 택했다. 열차의 짐을 올리는 선반에 올라가서 길게 드러눕더니 팔자 좋게 코까지 골며 잠이 들었다.

이 남자한테는 '내 남자다운 행동'이라고 내가 항상 말하는 그런 게 있다.

열차는 하루를 꼬박 달려서야 겨우 오사카에 도착했다. 아침 일찍 오사카에서 열차를 갈아타고 다시 남쪽으로 향했다.

시모노세키역은 바닷바람이 불어오는데도 찜통 같았다. 길바닥에서 아지랑이가 스멀스멀 피어오르는 게 보일 정도였다.

박열에게 전달된 주소지는 역에서 얼마 안 떨어진 골목에 있는 여인숙이었다. 중정이 넓고 중정을 중심으로 돌아가면서 객실이 있어서 아담하고 고풍스러웠다.

여인숙으로 들어가는 골목 입구에서부터 여기저기 모퉁이마다에는 학생으로 보이는 청년들이 주변을 경계하면서 어슬렁거렸다. 학생들은 박열을 아는지 아무 눈길도 보내지 않고 못 본 체했다.

대문을 열고 들어가자 여학생 하나가 중정을 벗어나서 뒤쪽으로 안내했다. 거기에는 따로 별채가 마련되어 있었다. 그리고 입구를 경계하듯이 건장한 청년 하나가 서 있었다.

"박열 씨?"

청년은 말하면서 나에게 시선을 돌렸다.

"함께 오는 것을 허락받았소."

청년은 더 말하지 않고 고개를 끄덕이며 입구에서 비켜주었다. 우리는 청년을 지나쳐서 별채로 들어섰다. 안쪽에 이미 손님들이 와 있는 듯 남자들의 말소리가 두런두런 새어나왔다.

박열은 내 손을 잡고 성큼성큼 안으로 들어섰다. 안에는 커다란 탁자가 놓여 있고 세 남자가 앉아서 차를 마시는 중이었다.

나는 이미 사진으로 본 오스기 선생이 실제 눈앞에 앉아 있자 약간 얼어서 주뼛댈 수밖에 없었다. 평소에 오스기 선생의 글이라면 외울 정도로 읽고 또 읽었다. 나에게 나의 힘을 알게 해준 사람이 오스기 선생이었다. 내가 가지고 있는 줄도 몰랐던 힘.

"어서 오게나."

오스기 선생은 자리를 권하면서 우리를 보고 인자하게 웃었다.

"이리로들 앉지. 자, 내가 소개함세."

오스기 선생은 신사 중 한 사람을 가리켰다.

"이분은 도쿄에서 너무나 유명한 후세 변호사님이시네. 아마 자네들도 익히 들은 바가 있겠지?"

나는 대머리가 약간 벗겨지고 동그란 안경 속의 눈이 커다랗고 선하게 생긴 콧수염의 남자를 바라보았다.

후세 다쓰지.

조선의 독립을 선언한 2·8 만세운동을 시작으로 조선인 독립지사들의 변호를 주로 맡아서 해주고, 돈 없고 힘없는 가난한 노동자들의 변호는 물론이고 천대받는 부락민들의 변호까지도 무료로 해주는, 이 세상에 정말 꼭 필요한 변호사로 알려져 있다.

"그리고 이분은 조선에서 오신 나경석 씨일세."

나는 처음 보는 사람이었다.

"처음 뵙겠습니다. 선배님 말씀은 많이 들었습니다."

박열이 의외로 공손하게 고개를 숙여서 나는 깜짝 놀랐다. 정말로 나는 이 남자가-오스기 선생님에게는 모르겠지만-누구에게 고개 숙이는 일은 본 적이 없기 때문이다. 상대가 누구든지 간에 이 남자는 고개 숙이는 걸 싫어한다.

나경석. 나도 들어본 이름이다. 조선의 독립운동가이자 생디칼리슴-산업협동조합운동-을 주장하는 사람으로 알려져 있다.

특히 나경석은 그저 이론만을 떠들고 다니는 게 아니라 아예 생디칼리슴에 입각해서 조합형 공장을 만들고 거기서 제품을 생산해내고 있었다.

그리고 실천적으로 경영했다. 맡은 일은 사장과 과장과 공장장과 청소부가 각자 다르지만 결과는 다 함께 나누는 실험을 하고 있다고 들었다.

그러니까 나는 일본과 조선을 떠들썩하게 만드는 세 남자를 지금 동시에 만나고 있구나.

"이쪽은 기다리던 박열 군입니다."

나경석은 박열을 보며 만족스럽게 웃었다.

"오스기 선생께 말씀 많이 들었네. 아주 적극 추천해주시더군."

무슨 일에 추천해주었다는 말일까? 우리는 아직 왜 여기 와서 나경석 씨를 만나야 하는지 알지 못했다.

"나한테 시키실 일이라도 있는 겁니까?"

박열은 성격답게 단도직입적으로 물었다.

"맞네. 내달에는 공식적으로 조사단이 꾸려질 일이 있는데 먼저 자네의 협조가 필요하네."

나경석은 지도 하나를 탁자 위에 꺼내놓았다. 지도를 들여다보면서 우리는 단번에 그 장소가 어디인지, 무슨 일로 불려왔는지를 알았다.

니가타 현의 광산지대에 있는 하천에 댐 공사를 하는 중이었다. 그런데 바로 그 댐에서 학살사건이 일어났다는 소문이 일파만파 퍼지고 있었다.

제일 처음 그런 소문을 기사화한 것은《요미우리신문》이었는데 기사 내용이 자극적이었다.

번번이 시나노가와를 떠다니는

조선인 학살 사체

호쿠에쓰의 지옥의 계곡이라 불려

부근의 촌민들 공포에 떨다

시나에쓰 전력대공사 중의 괴소문!

소문이 기사가 되어서 나가자 조사단이 꾸려지게 된 것이다.

"바로 이 공사장의 학살사건을 조사하는 공식적인 조사단으로 일본에 오게 되었네."

"혼자 오셨습니까?"

"아닐세. 여럿이지만 사실 제대로 조사가 되려면 여기서 누군가가 활약을 미리 해주어야 하네."

오스기 선생이 덧붙였다.

"일본 정부는 이미 덮어버린 것 같네. 전부들 가혹행위는 없었다, 불만이야 산업 현장에 늘 있는 것 아니냐, 공사가 중단되어서는 안 되니까 적당히 하자는 거야."

"그런데 폭동이 일어나고 수많은 노동자들이 죽었다는 말일세."

나경석은 화난 얼굴로 말했다.

"우리 조선에서 온 노동자들이 많이 죽어 나갔다는데 증거가 없네. 시신조차도 없고 달아났다고 해버린다는 말일세."

"어딘가에 매장해버렸을 거야."

후세 변호사가 확신하듯 잘라 말했다. 그러고는 모두의 시선을 받자 덧붙였다.

"나처럼 오래 국가에서 뒷배를 봐주는 사업체 작자들을 상대하

다 보면 사건을 보는 눈이 생기지."

박열은 고개를 끄덕였다.

"시신을 찾아야 하는 일이군요."

"시신도 중요하지만 내부에서 어떤 일이 있었나를 알아보아야 하네."

"노동자들은 입을 열지 않습니까?"

"입을 열려고 해도 열 수가 없지. 모두가 통제 아래 있으니까."

"그럼 그 안에 들어가는 수밖에 없겠네요."

세 남자는 말없이 박열을 바라보았다. 나는 갑자기 긴장해서 박열을 쳐다보았다. 나카쓰가와의 댐 공사장은 학대받아서 죽은 게 분명한 조선인 노동자의 시신이 강 하류로 떠내려와서 문제가 일어난 곳이다.

소문에 따르면 떠내려온 시신들이 몇 구가 아니고 100명 이상이 학살당했다고들 했다. 조선에서는 신문에 실으려고 하다가 총독부에 잘못된 기사라고 해서 압수를 당하고, 조사단을 파견한다고 하더니 다 함께 오지 않고 미리 한 사람이 몰래 들어온 모양이다.

"해줄 수 있겠나?"

나경석의 물음에 박열이 쾌히 승낙했다.

"그런 일이라면 내가 적임자입니다."

"적임자라고요?"

나는 어이없는 얼굴로 박열을 쳐다보았다.

"동지들 의견은 묻지도 않고 덜컥 일을 맡아버렸네요."

"혼자 할 일이니까요."

"혼자 한다고요?"

"여럿이 우르르 잠입할 수는 없지 않겠습니까?"

박열은 그렇게 말하고 웃었다.

우리는 여인숙의 작은 방에 누워 있었다. 방은 더웠지만 대화 소리가 새어나가지 않게 하느라 문을 닫고 잘 수밖에 없었다. 모기장이 있었지만 가끔씩 어디서 들어왔는지 모를 모기가 앵앵거리고는 했다.

"당신 혼자 들어가겠다고요?"

"아무나 들락대지 못하는 곳이니까 그래야 합니다."

"죽은 조선인 노동자들은 달아나지 못하고 왜 거기서 그렇게 당했을까요?"

"그러니까 그 의문을 이제 내가 들어가서 파헤쳐보아야지요."

"노동자로 변장하고 들어갔다가 나오지 못하면요?"

"조사단이 오니까 그때 합류하면 됩니다."

"그 전에 발각되면……."

"죽을 수도 있겠지요."

나는 멀거니 박열을 바라보았다. 박열은 태연히 내 시선을 받으면서 웃었다.

"위험하니까 하지 말라고 하고 싶은 건 아니죠?"

"당신은 밀정이 아니에요."

"나는 무엇이든 될 수 있습니다."

"한 번도 해보지 않은 일이잖아요? 당신은 드러내놓고 맞서 싸우는 사람이지 몰래 음모를 꾸미거나 변장을 하고 잠입하는 따위의 일은……."

"내게는 모든 일이 처음입니다."

처음으로 서로의 의견이 부딪치는 순간이었다. 생각해보니 이제까지 함께 살아오면서 단 한 번도 부딪치지 않았다.

잡지를 내는 일이나 흑도회의 일은 사상적으로 민감한 일이 많았다. 덕분에 동지들과 서로 의견이 달라서 언쟁을 하는 일이 많았지만 박열과 나는 단 한 번도 서로 다툰 적이 없다. 그만큼 서로가 가진 사상과 당면한 일에 대한 처리방식이 맞았다.

그러나 이 일은 잡지를 내고 노동쟁의를 일으키는 일과는 달랐다. 이 남자도 조선인이다. 만일 발각되거나 붙잡히거나 하면 절대로 목숨을 부지할 수 없을 것이다.

"우리가 그동안 계획했던 모든 일은 어떻게 되는 걸까요? 당신은 당신 길을 제대로 찾아가고 있는지 생각해봐야 해요."

나는 이 일이 박열과 나의 앞길에 많은 변화를 일으킬 수 있다고 생각하니 초조해지기 시작했다. 그러나 박열은 너무나 태연했다.

"나는 길을 잃어버리지 않습니다. 정해진 길이 없기 때문입니다.

다음을 위해서 지금의 내가 해야 할 일을 포기하지 않겠습니다."

박열은 단호했다.

대화는 끊어지고 박열은 아무 걱정도 없는 사람처럼 다시 코를 골며 잠들었다. 나는 잠이 든 박열의 팔을 베고 누워서 나 자신을 돌아보았다.

어쩌면 나는 이 남자와 함께 대단한 거사를 꿈꾸면서도 막상 이 남자를 잃게 될까 봐 두려워하는 것은 아닐까.

내가 만일 그런 나약한 생각을 가지고 있다면 앞으로 계획하고 실행할 일들에 대해서도 나는 내 다음 행동을 확신할 수 없는 게 아닐까? 만일 이 남자를 잃는다면 나는 다른 모든 것을 포기하게 되는 건 아닐까?

만일 이 남자를 잃는다면…….

2부

●

아나키스트

마음에서 솟아나는 대로 부르는 노래
참된 노래라 불러야 하리
유파도 모르고 법식도 없지만
나의 노래는 억눌린 가슴의 불꽃
타오르는 마음을 사랑으로 전하는
노래의 가치를 찾게 하라

5장 · 지옥의 강

1

열차는 산으로 둘러싸인 간이 철로를 따라 덜거덕거리며 천천히 나아갔다. 한여름의 찜통더위는 각오하고 있었던 것보다 몇 배 심했다.

시나노가와 출신의 동지가 알려주기로 '온통 산으로 둘러싸인 탓에 한겨울에는 미친 듯이 춥고 한여름에는 미친 듯이 덥다'고 했는데 미치기 전에 쪄 죽을 지경의 더위였다. 나는 웬만한 더위나 추위에 익숙해져 있는 사회의 무산자 계급이었는데도 어찌나 더운지 '어디서나 어떤 조건에서도 잠들어준다'는 내 장점을 전혀 발휘하지 못했다.

게다가 만일을 생각해서 한여름의 복장에 작업복을 덧입은 상태였다. 그리고 두꺼운 가죽 허리띠를 하고 있었다.

동지들은 그걸 무엇에 쓰겠냐며 웃었지만 나로서는 만일의 경우에 무기도 될 수 있고 어딘가에 매달릴 도구도 될 수 있으므로 튼튼하고 두꺼운 가죽 허리띠는 꼭 필요했다.

그리고 내 주머니에는 이제까지 보아온 중에 가장 작은 사진기가 감추어져 있었다. 소지품 검사를 할 것에 대비해서 성능은 둘째 치고 가장 작은 것을 택했다.

그 외에는 아무것도 지니지 않았다. 그래도 허리춤 안쪽에는 동지들이 모아준 꼬깃꼬깃하게 접은 지폐를 3원이나 들어 있었다.

가네코는 없는 살림에 있는 돈이라는 돈은 죄다 박박 긁어서 먹을 것을 잔뜩 싸주었지만 오는 도중에 상하느니 먹자는 식으로 주변 노동자들과 나누어 먹었다. 나로서는 함께 일하게 될지도 모르는 노동자들의 비위를 맞출 필요도 있었다.

"어쩌다 왔나?"

노동자들은 대부분 나처럼 주변 각지에서 일하러 온 자유노동자였다. 조선인 징용자들과 처지는 달랐지만 밑바닥 인생이라는 점에서는 같았다. 자유노동자라는 건 말하자면 언제라도 들어갔다가 언제라도 빠져나올 수 있도록 계약하는 노동자로 근무 여건이나 통제를 받는 면에서 징용자와는 확연하게 달랐다. 하지만 조선인은 자유노동자가 될 수 없기에 나는 일본인 동지 중 한 사람의 신분을 빌려야만 했다.

여기서 내 이름은 '노구치 시나니'였다.

열차에서 내려 작은 간이역의 출입구에 섰다. 일반 열차는 일주일에 두어 번밖에 다니지 않는 간이역이었지만 그 규모는 상당히

컸다. 온통 탄광으로 이루어진 고장의 특색답게 탄가루가 날아다니고 탄차와 화물차량들이 즐비했다.

"노구치 시나니?"

"예."

"전기 기술자인가?"

"본래는 인쇄소에서 일했는데 전기 설비를 담당했습니다."

내가 전기 시설 쪽으로 신청한 것은 어디나 전기 설비를 필요로 하고 멀리 다닐 수 있어서였다. 물론 자유노동자가 발전소 짓는 일에 전문적인 작업을 하게 될 리는 없지만 전봇대를 세워도 어차피 두루두루 돌아다니게 되어 있다. 그리고 나는 공장에서 일을 많이 해온 덕분에 전기에 대해서 어느 정도 지식이 있다.

"시코쿠 태생이라고?"

"그렇습니다."

"그래서인가? 말투가 이상하군. 어눌한 것이 꼭 조센징들 말투 같아."

"그래요? 조선인 말투를 못 들어서요."

"여기서 많이 듣게 될 거다."

사무소 직원은 내게 도장 찍는 칸이 그려진 작은 수첩을 주었다.

"매일 여기다 도장을 찍어야 간조 때 노임을 수령할 수 있다."

"감사합니다."

나는 수첩과 전공들이 차는 커다란 가죽주머니를 받았다. 사진기

를 감추고 다니기도 딱 좋았고 기록할 서류를 숨기기도 딱 좋았다.

"작업복이 따로 있나? 없으면 수령하고 간조 때 빼면 된다."

보름마다 받는 노임에서 까든지 말든지 상관없었다. 그렇게 오래 있을 마음은 없다.

작업복을 받아 챙겼다. 사실 빠져나갈 때에는 당연히 원래의 옷을 입어야 자유롭겠지만 특별히 눈에 뜨이지 않으려면 같은 걸 입어야 했다.

역을 빠져나와서 대기하고 있던 트럭에 올라타고 강을 향해 나 있는 도로를 따라 달렸다. 탄가루가 뒤섞인 시커먼 흙먼지가 온몸을 향해 마구 솟아올랐다. 어디선가 쿵쿵 발파 소리가 들려왔다.

흙먼지 뿌연 길을 덜컹대고 달리자 탄광의 입구들이 군데군데 보이다가 결국 강가의 거대한 댐 공사장이 모습을 드러냈다.

바로 저곳이구나.

'오바야시조합', '니혼토목주식회사' 따위의 공사 현장을 알리는 커다란 간판들이 세워진 공사장 뒤로 강이 흐르고 있었다.

나는 조선인 시신들이 많이 떠내려온다는 강 아래쪽을 향해 길게 흐르는 시커먼 물을 바라보았다. 나카쓰가와 강은 마치 먹물 같았다. 넓고 긴 먹물이 흐르고 있는 모습은 마치 인간세상이 아닌 다른 세상으로 온 것만 같은 기괴한 느낌을 주었다.

트럭에서 내리고 둑 아래로 행렬을 만들어 내려갔다. 둑 아래에 도착해서 간이숙소로 들어가기 직전에 댐 공사장의 계곡 비탈에 세

워진 또 다른 숙소를 보았다. 납작하게 만들어진 숙소는 마치 개미굴처럼 보였고 주변에 철조망이 보였다.

"저긴 뭐지?"

나는 두 번째 온다는 광부에게 슬쩍 물어보았다. 광부는 강 건너를 보더니 피식 웃었다.

"반도 놈들."

"반도?"

"조센징들 말이야."

이놈들이 조선인을 대놓고 반도인이라고 하네. 무식한 놈들.

"그래서 저렇게 절벽 아래에 숙소를 만들었잖아. 하도 달아나서 말이야."

"달아나? 왜? 돈 벌기 싫으면 그냥 가면 되지."

나는 멍청한 표정을 지었다.

"우리랑 달라. 조센징은 들어오면 못 나가."

"어? 그래?"

"그러니까 일본인으로 태어난 걸 감사하라고."

광부는 킬킬대면서 내 어깨를 쳤다. 이 개자식. 패주고 싶네. 그렇지만 평소와 달리 참기로 한다. 여기서는 어디까지나 일본인 노구치니까.

며칠을 전봇대 세우는 노동에 동원되었지만 좀처럼 조선인들이

일하는 공사장으로는 접근할 기회가 없었다. 꽤나 많은 사람들이 생활하는 곳도 워낙 격리되어 있어서 우리 같은 자유노동자는 접근할 수가 없었다. 나는 초조해진 마음으로 며칠을 보내야 했다.

다만 일하는 시간에 대해서는 확실하게 알 수가 있었다. 일 자체가 힘들어서 자유노동자들은 아침 6시에 시작해서 오후 5시, 늦어지면 7시에 끝나는 일을 강 건너의 조선인들은 새벽 4시부터 밤 8시나 9시까지 내내 일하는 것으로 보였다. 도대체 언제 어디서 식사를 하는지 알 수가 없었다.

강 건너에 갈 기회가 오기를 초조하게 기다렸다.

2

일주일째 되던 날 마침내 강을 건널 기회가 왔다. 굴착공사로 광차들이 들락대는 길목의 전봇대 중에서 문제가 생긴 몇 개를 새로 교체하는 작업이었다.

사진기를 챙기고 수첩도 챙겼다. 그러고는 신이 나서 동료 노동자들과 함께 부선(艀船)에 전봇대와 전선 등을 싣고 강을 건너려는데 갑자기 검문이 시작되었다. 회사 관리자들이 아니라 순사들이 서서 노동자들의 소지품을 검사하고 있었다.

"개인 소지품은 가져갈 수 없다."

순사들은 위압적으로 노동자들 앞에 서서 소지품을 부선 한쪽에 놓아두도록 했다. 어째서 순사들이 나서서 노동자들의 소지품을 검사하는지 이해할 수 없었다.

"가방은 놓고 들어가라. 강을 건너면 그곳에 장비가 언제나처럼 준비되어 있다."

언제나라고 하는 건 항상 그렇게 해왔다는 뜻이다. 그럼 이 순사 나리들도 항상 여기서 검문검색을 해왔다는 이야기인가.

평소에는 워낙 특고들하고 부딪치고 살아서 말단 순사라면 우습게 보이지만 여기서는 달랐다. 하는 수 없이 가방을 빼앗기고 몸만 건너야 했다.

나는 예상 못한 낭패를 느꼈다.

강을 건너자 우리가 일하던 곳과는 분위기가 확 달랐다. 부선이 도착하는 곳에서부터 권총과 단검을 보란 듯이 허리에 찬 사내들이 주변을 경계하며 서 있었다.

"쟤들은 뭐야? 꼭 낭인들 같네."

"결사대."

"결사대?"

"여기서 말 안 들어 처먹거나 달아나는 조센징들을 잡아서 족치는 거지."

광부는 마치 자기가 결사대라도 되는 양 거들먹거렸다.

"본보기로 걸려서 맞는 놈을 봤는데…… 하……."

나는 이 유치한 놈의 이야기를 듣는 게 고역이었지만 들어줄 수 밖에 없었다. 미리 알고 접하는 것과 전혀 모르고 접하는 건 엄연히 다르니까.

"삼나무에 거꾸로 매달아놓고 곤봉으로 들고 패는데, 한번 본 놈들은 기가 죽어서 설설 긴다니까? 가서 보면 알아. 자식들이 얼마나 말을 잘 듣는지."

나는 광차가 다니는 레일까지 와서 장비들을 풀어놓고 전봇대 세우는 작업을 하면서 유심히 광차를 미는 조선인 노동자들을 살펴보았다.

하나같이 죽지 못해 사는 기색이 역력했다. 땀을 뻘뻘 흘리면서 쉬지 않고 움직이기는 했지만 힘이 없어 보였다. 깡말라서 근육이라고는 없는 몸에 여기저기 긁히고 부딪친 상처들이 보였고, 입고 있는 반바지는 때에 절어서 본래 색이 어떤지도 알 수 없었다.

관리자들은 모자라도 썼지만 노동자들은 모자조차 없었다. 본래 광부들은 안전모를 쓰지만 이들에게는 그나마도 지급되지 않는 것으로 보였다. 그들이 걸친 거라고는 때에 절고 너덜거리는 반바지와 헝겊으로 된 구멍 난 작업화뿐이었다.

나는 오전 내내 쉬지 않고 광차를 밀거나 자재를 운반하면서 조금도 쉬지 못하는 그들의 모습이 애처로워서 당장이라도 공사장을 감독하는 작자를 찾아가서 때려죽이고 싶은 마음이 굴뚝같았다.

조선인 노동자들이 조금이라도 허리를 펴고 쉬는 동작을 하면 어김없이 관리자의 고함이 터졌다.

"꾀부리지 마라. 오늘 할당량을 채우지 못하면 숙소에 들어갈 꿈도 꾸지 마라."

고함만이 아니라 가끔씩 불려나가서 얻어터지는 조선인 노동자들을 보았다. 그들은 관리자의 발길에 채이고 지휘봉으로 등짝을 맞으면 고통에 찬 비명을 질렀다.

"너희 조센징들은 맞아야만 말을 듣나?"

나 같으면 맞아도 말을 듣지 않겠지만 조선인 노동자들은 매를 맞으며 비굴하게 빌었다. 그러고는 관리인 손에서 벗어나면 지금까지보다 더 날쌔게 움직였다.

그런 태도는 매질하고 학대하는 사람에게 더욱 학대할 빌미를 주는 행동이라는 걸 알아야 하는데 그렇지 않아 보였다. 인간이든 짐승이든 자기가 하는 행위가 효과적이라고 여기면 점점 더 강도를 세게 가져가기 마련이다.

점심시간이 되어서 도시락을 까먹는데 조선인 노동자들도 강둑으로 나와 앉아서 점심을 먹기 시작했다.

나는 길 건너에서 결사대의 삼엄한 감시를 받으면서 웅크리고 앉아 식사하는 조선인 노동자들을 지켜보았다. 어차피 그들에게 다가갈 수는 없었다. 결사대는 우리와 그들 사이를 철저하게 격리시키

고 있었다.

"제기랄. 이게 뭐야? 오늘도 또 고등어 절임인가? 지겨워 죽겠네. 힘들게 일하는데 돼지고기라도 가끔 줘야 하는 거 아냐?"

누군가가 투덜대자 예의 그 광부가 코웃음을 쳤다.

"불평하지 마라. 저기 저 인간들 먹는 걸 보면서 그러나?"

"뭔데? 주먹밥이네?"

"주먹밥이지."

"주먹밥은 우리 집 주먹밥이 최고인데."

"그런 주먹밥이겠냐?"

나는 그들이 먹는 음식을 자세히 바라보았다. 그들이 먹는 것은 소금국과 주먹밥이 전부였다. 그 외에 어떤 것도 들어 있지 않았다.

우리들의 도시락도 그다지 좋은 것은 아니지만 그래도 된장국도 주고 초절임 고등어라도 작은 토막이 들어 있다. 그런데 조선인 노동자들의 주먹밥은 말 그대로 시커먼 주먹밥이었다. 색이 시커먼 이유는 자세히 볼 수가 없었다. 무엇인가 섞어서 시커멓게 보였다.

"뭘 섞은 걸까?"

"콩깻묵."

"응? 화분에 비료로 주는 깻묵?"

"기름 짜고 남은 것 말이다."

나는 광부를 쳐다보며 친근하게 물었다.

"자넨 정말 잘 아네? 우리랑은 달라 보여."

"히. 다르기는 뭘 달라? 그저 여기서 일해본 적이 있으니까 아는 거지."

"저 막장에서 일해봤나?"

"처음 파고 들어갈 때 와서 일했는데 그때만 해도 내가 발파반에 있었다는 말이야."

"여기서 많이들 죽어 나간다던데 알고 있나?"

"알지. 달아나다가 잡히면 다행인데 잡히지도 않고 그냥 물에 빠져서 죽으면 이게 문제가 된다는 말이야."

"그야 죽으면 문제가 되겠지."

"아니. 잡혀 와도 죽어. 그런데 시체가 없으니까 문제가 안 되지."

주변 사람들도 호기심이 일었는지 나서면서 나 대신 물어주었다. 덕분에 나는 의심받지 않고 비밀을 엿들을 수 있었다.

"시체를 어쩌길래?"

"여기 사방이 공사장이야. 그냥 막장 안에 묻어버리면 그만이지. 그 위에 댐을 쌓을 거니까."

"야아. 무서운 걸?"

"우리도 조심해야겠어."

노동자들은 흘끗흘끗 결사대의 눈치를 보았다. 아닌 게 아니라 강 건너는 분위기가 달라서 덩달아 기가 죽었다. 나는 내 눈으로 확인하고 싶은 마음이었다.

기회는 그날 밤에 왔다. 전봇대를 바꾸는 일은 더디게 진행되어서 밤이 되었는데 부선을 다른 현장으로 끌어가버리는 바람에 우리는 강을 도로 건너갈 수가 없었다. 그래서 관리자들이 일하던 사무실로 가서 대충 여기저기 쓰러져 자야만 했다.

사측의 결정에 따라 다음 날 오후까지 일하고 부선이 돌아오면 강을 건너기로 했다.

3

한여름의 열대야로 잠을 이루기 어려운 상태였지만 그래도 관리인 사무실이라 덜덜거리는 선풍기 하나는 돌아가고 있었다.

다들 어설프게 잠이 들었는데 나는 사무실 바깥 상황이 궁금해서 견딜 수가 없었다. 하지만 밤에는 절대 나와서는 안 된다는 지침이 있어서 그저 창가에 매달려 앉아 밖을 바라보고 있다가 깜빡 졸은 듯하다.

그때 밖이 시끄러워지기 시작했다.

갑자기 컹컹대는 개 짖는 소리가 들리더니 여기저기서 횃불이 모여들었다. 나를 비롯해서 사무실 안에서 자던 사람들 모두가 무슨 일인가 해서 창가에 매달려 밖을 내다보았다.

조선인 막사에서 줄줄이 조선인 노동자들이 나오고 있었다. 이렇

게 밤이 늦은 시간에 무슨 일인가 했는데, 조선인 노동자들이 끌려 나와 서 있는 맞은편으로 결사대 몇 명이 한 사내를 질질 끌고 오는 게 보였다. 사내는 뒤로 양손이 묶인 상태로 고개를 푹 숙이고 있었는데 다리를 다쳤는지 양쪽 발목에서 피가 흐르고 있었다.

결사대는 사내를 공터 중앙에 있는 커다란 삼나무에 거꾸로 매달았다. 그러더니 결사대 세 명이 곤봉을 꺼내들고 사정없이 사내를 두들겨 패기 시작했다.

나는 갑자기 피가 거꾸로 솟는 듯한 분노를 느껴서 밖으로 튀어 나가려고 했다. 그런데 광부가 나를 잡았다.

"안 돼. 나가서 구경하지 마. 여기서 봐."

나는 놀라서 광부를 돌아보았다.

"저기 나가면 괜히 결사대 초소로 끌려가서 이래저래 당하는 수가 있어. 지금 결사대는 우리가 남은 걸 모르는 거야. 아니면 이렇게 보는 것만으로도 끌려가서 입막음을 하느라 협박이나 당하고……."

나는 분노를 꾹 누르고 다시 창가로 가서 섰다.

거꾸로 매달린 사내는 비명도 제대로 지르지 못하는 것 같았다. 그저 퍽퍽 곤봉이 사내의 몸에 가서 부딪치는 소리만 들려왔다.

나는 끌려 나와서 선 조선인 노동자의 무리를 바라보았다. 한밤중에 끌려 나와서 자기 동료가 처참하게 당하는 모습을 바라보는 심정은 어떨까. 어쩌면 맞는 것보다 맞는 걸 바라보는 쪽이 더 비참

할 수도 있지 않을까.

내 예상은 보기 좋게 빗나갔다.

조선인 노동자들은 어느 누구도 울거나 얼굴을 일그러뜨리지 않았다. 그들은 졸린 눈으로 멀거니 바라볼 뿐이었다. 간혹 조는 듯이 보이는 사람도 있었다. 그들에게 있어서 이런 일쯤은 일상다반사이고 어서 다시 들어가서 자고 싶은 듯한 태도였다.

"뭐야?"

그때 큰 소리가 터졌다. 모두가 움찔했고 곤봉을 휘두르던 결사대도 동작을 멈추었다. 큰 소리를 치면서 성큼성큼 나타난 속옷 차림의 중년인은 조선인 노동자들을 돌아보면서 소리쳤다.

"다들 들어가! 어서!"

조선인 노동자들은 무엇에 놀라기라도 한 듯이 우르르 다시 숙소를 향해 달려갔다.

"미친 거냐? 죽이지 말랬잖아? 당분간 죽이는 건 삼가라는 말이다!"

결사대는 놀라서 거꾸로 매달린 사내를 끌어내렸다. 사내는 땅바닥에 축 늘어졌다.

"죽었냐?"

중년인이 묻자 결사대가 사내를 다시 자세히 살피더니 아무 말도 하지 못했다.

"죽였구나!"

중년인은 잠시 두 손을 허리춤에 얹고 생각하는 듯하더니 결사대를 향해 신경질을 냈다.

"치워!"

한마디 하고 돌아서 가던 중년인은 다시 돌아보면서 소리쳤다.

"또 유실되어서 강에 떠내려가게 되면 가만 안 둔다. 마무리 잘해"

중년인은 반듯해 보이는 관사로 돌아가고 결사대는 사내를 들것에 싣고 공사장으로 향했다.

"소장이다."

광부가 말했다.

"소장?"

"현장소장."

나는 사람들의 말을 들으면서 눈으로 사내의 시신을 들고 사라지는 결사대를 좇았다. 결사대들이 가지고 가는 횃불이 멀어져갔다. 어디로 가는 걸까? 어디에 시신을 감추는 걸까? 그 장소를 알아야겠다.

밤안개가 자욱했다. 달은 뜨지 않았고 안개가 어둠을 감싸고 있어서 바로 코앞도 분간하기 어려웠다. 주변은 완전히 침묵에 빠져 있었다. 조금 더 지나면 이제 조선인 노동자들이 일어나는 새벽 시간이다.

나는 슬그머니 사무실을 빠져나왔다. 슬그머니라고 했지만 사실 그저 소변을 보러 나오는 것처럼 어슬렁대는 태도였다.

사무실 밖에서 슬금슬금 공사장 쪽으로 가면서 주변을 살폈다. 만일 누군가가 불쑥 나타난다면 얼른 소변을 보는 척하려고 했다. 그런데 예상 외로 아무도 없었다. 결사대들이 보초를 설 줄 알았는데 결사대들이 머무는 초소도 조용했고 사무실들도 전부 조용했다.

나는 재빠르게 아까 보아두었던 방향으로 달려갔다. 그러고는 어두운 산비탈에 숨어서 잠시 주변의 동태를 살폈다. 안개 때문에 설사 누군가가 있다고 해도 모를 것 같았다.

그렇다면 내가 움직여도 모른다. 그저 빨리 확인하고 돌아가기만 하면 된다.

나는 안개 속에서 유령처럼 허우적대며 움직였다. 내가 미리 생각해둔 방향은 공사가 한창 진행 중인 터널이 아니라 터널 위쪽의 방벽 공사장이었다.

축석을 마치고 콘크리트 타설을 할 예정이니까 시신을 감춘다면 그쪽이 적합할 것이다. 횃불은 분명 그 근처로 가다가 사라졌다.

산비탈은 생각보다 가파르고 험했다. 그러나 방벽을 향해 똑바로는 갈 수가 없어서 험한 비탈을 미끄러지고 넘어지면서 가야만 했다. 안개가 짙은 것이 안전하기도 했지만 그만큼 방해가 되었다.

사무실에서 몰래 챙겨온 작업용 손전등이 있었지만 함부로 켜서는 안 되고 확실한 현장을 찾았을 경우에만 켜야 했다. 그러나 막상

부근에 와서 보니 손전등이 없이는 아무것도 볼 수 없었다.

나는 아래 공사장에서는 보이지 않을 것이라 믿고 손전등을 켰다. 그리고 석축이 시작된 부근을 천천히 살펴보았다. 어느 곳이나 아직 콘크리트가 타설되지는 않았다. 그래서 석축들 사이로 다져놓은 흙이 그대로 보였다.

나는 이쯤으로 예상하고 석축을 따라서 위태롭게 기어가다시피 하면서 차근차근 불을 비쳐보았다. 그러나 어디에도 방금 건드린 흔적은 보이지 않았다.

이상한 일이다. 한밤중에 석축을 드러내고 다시 정리할 리는 없다. 그러려면 시간과 힘이 많이 든다. 결사대는 그렇게 오래 머무르지 않고 금방 내려왔다. 그렇다면 어딘가에 팽개치고 돌아왔어야 한다. 이 근방에 그럴 만한 곳이 어디일까?

석축을 따라 끝까지 가보았지만 석축 부분은 아니었다. 무언가를 잘못 짚은 것 같았다. 석축이 아니라면 이 근방에 달리 시체를 감출 만한 곳이 없다.

산을 올려다보았다. 산에 감추는 짓은 하지 않을 것이다. 만일 조사단이 와서 뒤지기라도 한다면 금방 탄로 날 게 뻔하기 때문이다.

나는 산으로 올라가기 시작했다. 산 정상까지는 올라갈 시간이 없다고 해도 결사대 역시 오랜 시간을 머물다 돌아오지 않았으니까 어디 적당한 위치까지만 가면 발견할 수도 있다고 생각했다. 만일 거기까지 조사해서 발견하지 못하면 그냥 돌아가는 수밖에 없다.

허겁지겁 사력을 다해 좁은 길을 따라 산을 올랐지만 아무것도 발견하지 못했다. 실망한 상태로 안타까워하면서 다시 산을 내려오는데 발에 막대 하나가 채였다. 놀라서 몸의 균형을 잡고 손전등을 비춰보니 불이 꺼진 횃불이었다.

나는 그 근방을 유심히 살펴보다가 너무나 놀랐다. 산속에 커다란 구덩이가 파져 있었다. 그리고 그 안으로 무수히 많은 시체가 뒤엉켜 있었다. 얼마나 되는지 셀 수도 없이 많은 시신이었다.

나는 나도 모르게 엉덩방아를 찧고 말았다.

4

아침에 다시 작업이 시작되었는데 분위기가 이상했다. 결사대들이 여기저기 모여서 조선인들과 자유노동자들을 번갈아 보면서 수군거렸다.

"왜들 저래?"

나는 태연히 이제 막 꽂아 넣은 전봇대 아래의 흙을 다지면서 흘끗거렸다.

"왜 저러지? 어젯밤 탈출 사건 때문에 저러나?"

"이 사람 늦잠 자더니 뭘 모르네."

"왜? 뭐가?"

"새벽에 조선인들 작업 시작 전에 난리 났었어."

"어? 그래?"

나는 정말 세상모르고 잤다. 조선인들이 기상할 시간 전에 허겁지겁 사무실로 돌아왔지만 진이 빠져버려서 그냥 쓰러져 잠이 들었다. 그리고 잠이 깨었을 때는 완전히 진땀으로 젖어 있었다. 밤새 악몽 중의 악몽을 연속적으로 꾼 듯하다.

"하여간 대단해. 그 난리 통에 쿨쿨 자다니."

"난리가 났었어?"

"그래. 누군가가 어제 산에 올라갔는지 불빛이 보였다는 거야. 소장 부인이 보았다나 어쨌다나……."

"밤중에 산에? 또 누가 탈출한 건가?"

"모르지. 무슨 일인지 모르지만 하여튼 조선인 숙소 다 뒤지고 우리 사무실까지 왔었다니까?"

"우리는 왜?"

"뭐 우리 중에 누가 올라갔었나 한 거지."

"우리가 산에 왜 올라가겠어?"

"여하튼 신발들 조사하고 그러더니 나갔어. 조선인들만 새벽부터 시달렸지. 하여간 재들 참 우리랑 다른 인종이지만 가엾기는 해."

나는 속이 뜨끔했다. 그러니까 들어와서 신을 검사한 모양이다. 만일 주의를 기울이지 않았다면 된통 걸려들 뻔했다. 다행히도 나는 사무실에 들어와서 몰래 주전자의 물을 가져다가 신발에 묻은

흙을 씻어냈었다.

"자넨 세상모르고 자더구먼."

나는 다시 전봇대 흙 다지는 일에 열중하면서 내심 안도의 숨을 내쉬었다.

오후에 강을 건넜다. 나는 강을 건너자마자 일부러 다들 보는 앞에서 발을 헛디디면서 모로 쓰러졌다. 그러고는 발목을 잡고 심하게 아픈 척을 했다.

나는 다들 보는 앞에서 다리를 절면서 현장사무소로 향했다.

"치료를 받아야겠습니다."

"많이 다친 거냐?"

노무관은 못마땅한 얼굴로 내 발목을 내려다보았다.

"치료하면 낫겠죠. 병원에 입원시켜 주십시오."

"지랄하고 있네. 온 지 얼마나 되었다고 벌써 회사 병원을 이용하려고 들어?"

"그럼 어쩌라고요?"

"돌아가서 낫고 다시 와라."

"여기까지 돈 벌러 왔는데 그냥 가라고요?"

"넌 아직 보름이 안 되어서 정식 인부가 아니다. 그런 것도 모르나?"

나는 잔뜩 부어오른 얼굴이 되었다.

"그럼 그동안 일한 거라도 주십시오."

"간조해도 탈 것도 없을 놈이 뭐라는 거야?"

"그게 무슨 말입니까?"

"장비 값 제하기로 한 거 기억 안 나냐?"

"장비랑 작업복 도로 드릴게요."

"뭐? 이 자식 이거 참……."

나는 일부러 허리에 차고 있던 장비를 패대기치고 입고 있던 작업복 윗도리를 벗어서 팽개쳤다. 예상대로 노무관이 화를 벌컥 내면서 다른 직원들에게 끌어내라고 소리쳤다.

나는 끌려 나가면서도 차비라도 달라고 들러붙었다.

"이런 법이 어디 있어? 당신들 고소할 거야! 놔! 경찰 불러!"

나는 한바탕 말썽을 부리고 1원을 뜯어서 현장사무소를 나왔다. 그리고 다리를 절면서 내 옷과 가방을 챙기고 역으로 향했다.

역에는 때마침 전선을 연결하느라 전공반 기술자들이 나와 있었다. 그들은 돈도 벌지 못하고 쫓겨 가는 나를 위로하면서 담배까지 주었다.

덕분에 역을 지키고 있는 결사대와 순사들은 아무 의심도 없이 나를 기차에 타게 해주었다. 그래도 역시 소지품은 세세히 조사하고 사진기 속 필름까지 의심해서 살펴보더니 새것이라면서 그냥 건네주었다.

나는 유유히 기차에 올라탔다.

5

9월 7일, 나는 가네코와 함께 도쿄의 미토시로 거리를 걷고 있었다. 오랜 여행으로 지친 상태였다. 니가타까지 세 번을 갔고 오사카에도 두 번이나 갔다 왔다.

처음 자유노동자로 침입해서 눈으로 학살현장을 확인한 후, 그곳을 무사히 빠져나와서 나경석 선배에게 알렸다. 그러나 막상 현장에 조사하러 간 나경석 선배와 조사단 일행은 현장 어디서도 학살의 현장을 찾아내지 못했다. 그래서 결국 내가 합류해야만 했는데, 합류해서 다시 찾아가도 마찬가지였다.

어느 누구도 현장에 대해서 말해주지 않았다. 게다가 조선인 노동자들을 학살해서 버렸던 구덩이는 완벽하게 사라지고 없었다.

중요한 건 동행한 경찰들의 태도였다. 그들은 여느 때와 마찬가지로 배타적이고 비협조적인 태도를 견지했다. 게다가 마을에도 함구령을 내렸고 회사 내의 자유노동자들도 입을 열지 않았다. 조선인 노동자들조차도 겁을 집어먹었는지 증언하겠다고 나서는 사람이 없었다.

결국 내 증언 외에는 아무것도 없는 셈이다.

"그 사람들 정말 바보 같아요."

가네코는 조선인 노동자들을 이해하지 못했다.

"그런 지옥에서 개처럼 학대당하다 죽느니 시원하게 폭로하는 게 죽더라도 낫지 않나요?"

"아마 앞으로의 좋은 대우를 약속했을 겁니다."

"그런 말을 믿는다고요?"

"믿고 안 믿고의 문제가 아닙니다. 공포가 그 사람들을 짓누르고 있는 겁니다."

"도와주겠다고 같은 동포가 찾아갔는데도 그래요?"

"어느 누구도 그들에게 용기를 줄 수는 없습니다. 그런 정도의 공포를 심어준 겁니다. 민중은 나약해서 오래 짓눌리면 순응하게 됩니다."

"어처구니가 없군요."

"가네코도 어려서는 복종했다고 하지 않았습니까?"

"열 살에서 열세 살 정도였어요. 그러니까 아직 힘도 없고 생각도 없는 나이였죠."

"나이와는 상관없습니다. 노인들도 얼마든지 겁에 질려서 복종하게 할 수 있습니다. 인간의 본성을 파괴하는 거죠."

"괴롭힐 수는 있겠지만 인간성은 파괴되는 게 아니에요."

가네코 입장에서는 이해하기 어려울 것이다. 인간은 누구나 강하지 않다. 아니, 어쩌면 누구나 나약하기 짝이 없다. 다만 공포를 억누르고 용기를 낼 뿐이다. 그리고 용기를 내려면 그만큼의 확신이

있어야 한다. 자기 자신에 대한 믿음이 필요하다.

"토론은 나중에 합시다."

나는 조선기독교청년회관을 바라보며 말했다.

"역사적인 장소에 왔으니까."

조선기독교청년회관은 역사적인 장소가 맞다. 적어도 내게는 그렇다. 3년 전 봄에 도쿄 한복판에서 학생들이 모여 조선의 독립을 선언한 곳이다. 그리고 그 후로도 중요한 집회는 언제나 이곳에서 열었다.

가네코는 회관 앞을 보고 깜짝 놀랐다.

"회관 밖에 이렇게 많은 사람들이 몰렸을 줄은 몰랐어요."

"회관 안이 가득 차서일 겁니다."

나는 오늘의 집회가 대대적일 거라고 예상했다. 그동안 여기저기서 조사단의 보고회를 열었지만 일반 대중들까지 모두 참가하도록 한 집회는 이번에 처음이기 때문이다.

그렇더라도 생각보다 많은 인원이 몰렸다. 조선인 노동자들의 문제였지만 고맙게도 의식 있는 일본인들도 대거 참석해서 회관 안에 미처 들어서지 못한 사람들이 거리를 가득 메웠다.

"어서 오게. 안은 이미 꽉 차고 밖에도 계속 불어나서 스피커를 밖으로 연결하는 방도를 찾는 중일세."

나경석 선배는 상기된 얼굴로 나를 맞이했다.

"점점 더 불어나고 있네요."

"이런 추세라면 집회 시작할 때쯤에는 수천 명일 걸세."

회관 안으로 들어서자 조사단으로 왔던 이상협 선배와 김약수 선배가 먼저 와 있었다. 그리고 조사단의 모든 인원이 미리 와서 줄지어 앉아 있었다.

나경석 선배가 이끄는 대로 가네코도 조사단 가운데 앉게 하고 나는 강단에 서서 내가 직접 눈으로 본 것들에 대해서 상세히 설명하기 시작했다.

"하루 17시간의 중노동에 시달리면서 허리 한 번도 제대로 펼 수 없는 강제노동에 못 이겨서 탈출을 시도하는 사람들도 더러 있었지만 그들은 모두 사살되거나 도로 잡혀가서 구타로 인해 목숨을 잃었습니다. 내가 직접 눈으로 본 것이니 변명의 여지가 없습니다."

사실 조선인 노동자가 600여 명이 있었는데 100여 명이 실제 존재하지 않으니 100여 명은 죽은 것으로 결론이 나야만 했다. 그런데도 경찰의 비호 아래 공사 현장의 관리들은 모두가 집으로 돌아가거나 아예 사라져버렸다고 주장했다.

"저들은 지금도 거짓으로 일관하고 있습니다. 경찰도 사건을 덮는 데에 협조적인 자세입니다. 계속 유언비어를 퍼뜨리면 조선인 노동자들을 구하기 어렵고 기업 활동이 위축되는 손해도 손해거니와 조선인들에게서 일할 권리를 빼앗는 거나 같다고 말합니다."

나는 청중들을 향해 소리쳤다.

"여기 모이신 일본 태생의 동지들은 내 말에 귀를 기울여주셔야

합니다. 길거리에서 힘없는 고양이를 괴롭히는 놈은 언젠가는 자기보다 약한 인간도 괴롭힌다는 점을 꼭 기억하셔야 합니다. 언젠가는 저들이 조선인만이 아니라 일본인들에게도 만행을 저지를 것이라는 걸 확신합니다."

나의 강렬한 연설에 모두가 호응해주었다. 그러나 집회는 중간에 파행되었다. 특고들의 지휘로 경찰들이 밀려들었고 집회를 주도한 조사단원들과 협력한 일본인들도 그 자리에서 연행되었다.

나는 당연히 포함되었다.

6장 · 의열단

1

경성은 완연한 가을빛이었다. 운현궁에도 일찍 단풍이 들었다. 나는 가을빛이 완연한 창경원을 지나 경복궁을 거쳐서 흥례문으로 빠져나왔다.

흥례문 앞은 총독부 청사를 짓느라 공사가 한창이어서 더 가깝게 가볼 수는 없었다. 잠시 씁쓸하게 운현궁을 바라보면서 앉아 있다가 강연을 했던 경운동으로 향했다.

자꾸만 총독부 공사장으로 눈길이 간다.

일본군대를 끌어들여서 농민군을 무참하게 학살한 작자는 지금 땅속에 누워서 자신의 궁궐이 동물원으로 바뀌고 경복궁 앞에 일본제국주의의 식민지 통치를 총괄할 커다란 건물이 들어서는 걸 어떤 심정으로 바라보고 있을까?

어쩌면 나경석 선배의 말처럼 왕조시대 건 군벌시대 건 사회주의 국가가 건설되건 간에 결국 대가리만 바뀔 뿐 민중에게는 돌아올 것이 없다는 말이 맞을 수도 있다는 느낌이다.

서구 열강들이 그렇게 좋은 제도라고 떠드는 민주주의는 또 어떤가? 경제적으로 말하면 자본주의인데, 자본가들의 착취는 죄가 되지 않는다고 하면서 스스로가 물주가 되어 약소국가들에 들어와서 착취에 열중하지 않는가.

어떠한 경우에도 결국 민중은 착취를 피할 길이 없다. 나경석 선배가 말하는 산업협동조합운동도 그 외형을 넓히기는 어렵다. 완전한 파괴 이후의 새로운 인류가 새로운 사회를 건설하기 전에는 어떠한 시도도 무의미하다.

그러나 우선 할 수 있는 걸 먼저 한다.

오후 5시, 천도교회 맞은편 골목에서 하릴없이 서성이며 누군가가 나를 발견하고 접근해주기를 기다렸다.

조선에 들어와 있는 특고들은 지독하고 특히 친일 매국 행위를 하는 밀정들은 그 수법이 악랄하니까 조심해야 한다고 흑우회 동지들이 내내 반복해서 강조했었다.

그래서 뭘 어떻게 조심하라는 이야기인가.

나는 도쿄 한복판에서도 당당하게 간판을 내걸고 활동했던 사람이다. 어차피 나에 대해서는 일본 경찰 내에서 알 만한 사람은 다 안다.

부산항에 내리자마자 특고가 나타나서 허가된 활동 외에는 금지한다고 협박을 하고 갔다. 그러니까 지금 이 순간에도 누군가가 보

고 있을지 모른다.

다만 김한이 접촉하는 상대가 의열단이니까 그 부분은 각별히 조심할 필요가 있었다.

무료해져서 다시 한 바퀴 돌고 올까 생각할 때에 요란한 무늬의 한복에 양산을 들고 지나가던 한 여성이 슬쩍 쪽지를 내밀었다. 내가 얼결에 받아들자마자 그냥 휙 지나쳐서 가버렸다.

나는 멀거니 멀어져가는 여성을 바라보다가 내 손에 들린 쪽지를 펼쳐보지도 않고 그냥 여성이 간 반대편으로 걸었다.

어느 정도 걷고 나서 슬쩍 쪽지를 펼쳐서 보니 요릿집 이름이 적혀 있었다. 주소는 적혀 있지 않았지만 워낙 유명한 요릿집인지라 주소까지 적을 필요도 없었을 것이다. 그리고 그 아래에 '이소암' 이라고 쓰여 있었다. 아마도 이소암을 찾으라는 뜻이 틀림없다.

나는 멀지 않은 요릿집을 향해 천천히 걸어갔다.

'춘홍' 이라는 간판을 보고 안으로 들어서자 나이 어린 기생이 나와서 꾸벅 절을 했다. 평소와 달리 내 차림새는 강연을 위해서 루바슈카를 입고 번듯한 바지에 구두까지 신고 있어서 요릿집에 들어서기 이상하지는 않을 것 같았다.

"이소암을 찾아왔습니다."

어린 기생은 멈칫 나를 쳐다보더니 잠시 기다리라고 하고는 쪼르르 도로 들어가버렸다. 대문과 마당 사이의 넓은 마당은 잔디가 깔

려 있고 안쪽에서는 요란한 장구 소리가 들려왔다.

어린 기생이 다시 달려 나오더니 나를 안쪽으로 안내했다. 방이 여러 개인지 여기저기서 웃음소리가 흘러나오고 커다란 요리상을 둘씩 맞잡고 바쁘게 오가는 젊은 청년들이 눈에 띄었다.

돼지 같은 것들.

눈살이 찌푸려졌다. 나라를 잃고 피눈물을 흘려도 시원치 않을 판에 팔자 좋게 가야금 소리에 취해 요리나 처먹고 있는 저들이 역겨웠다.

이런 곳을 접선 장소로 택한 김한 선생의 의중을 모르겠다. 기생하고 연애라도 하는가.

작은 방에 안내되어 들어갔다. 작지만 깔끔하고 고급스러운 실내였다. 가구도 좋고 바닥은 여느 대갓집마냥 콩기름 바른 한지로 마감되어 있었다. 돈이 남아돌아 지랄들을 하는 건지 돈이 남아도는 놈들이 오는 곳이라 수준을 맞추는 것인지.

"잠시만 기다리시랍니다."

어린 기생은 나가고 나는 어울리지 않는 옷을 입은 것처럼 불편하게 엉거주춤 솜방석에 앉았다.

어색한 시간이 지나갔다.

장지문 밖에 인기척이 나더니 아까 보았던 여자가 문을 열고 들어서며 활짝 웃었다.

"아까는 실례 많았습니다. 제가 이소암입니다."

"아닙니다. 이런 식이라고 들었습니다."

"곧 김 선생님께서 오실 거니까 식사는 그때 하시지요?"

"아무래도 좋습니다."

"강연은 정말 감명 깊었습니다."

나는 이소암을 쳐다보면서 낮에 청중들 속에 있었던가 생각했지만 전혀 그런 것 같지 않았다. 내 표정을 읽었는지 이소암은 얼굴을 붉히며 배시시 웃었다.

"숨어서 보았습니다. 그런 데에 얼굴을 드러낼 처지가 아니어서요."

"아. 그렇게 해서 내 얼굴을 기억해주었다가 쪽지를 주신 겁니까?"

"꼭 그래서만은 아니에요. 도쿄에서 강연하신다는 소식을 듣고 저도 한번 듣고 싶었어요. 도쿄에서는 청중이 조선인이 500명에 일본인이 1000명이나 모였다고 신문에 났었어요."

나는 피식 웃었다. 신문은 총독부 발표를 보고 그대로 옮기는구나. 그날은 조선인 1000명에 일본인이 2000명이었다.

"위험한 곳에 직접 들어가셨다고요?"

"아, 대단한 건 아니고 그다지 큰일을 해내지도 못하고 말았습니다."

"하지만 정말 용기가 필요한 일이잖아요?"

"용기는 여기 조선과 만주에서 활동하는 사람들에게 더 있지요.

게다가 어딘들 위험하지 않은 곳이겠습니까?"

"그런가요?"

"맞는 말이네."

장지문이 열리고 김한 선생이 나타났다.

"경성은 도쿄처럼 만만하지가 않네."

김한 선생은 내 잔에 술을 부어주며 말했다.

"부쩍 감시가 심해지고 도처에 밀정들이 잠복해 있지. 이 요릿집도 언제 어떤 놈이 손님이나 종업원으로 들어와서 밀정 짓을 할지 모르지만 내가 알기로는 아직은 여기가 제일 안전하네."

"의열단이 대단하다고 들었습니다."

나는 의열단에 대해서 이미 알 만큼 알고 있었다. 의열단의 명성은 도쿄에까지 퍼져 있었다.

'힘도 없는 민족이 외교로 무슨 성취할 것이 있겠는가? 강국인 일본에 저항하고 독립을 쟁취하는 데에는 오직 무력만이 필요할 뿐이다.'

의열단을 이끄는 약산 김원봉 단장의 말이다. 나하고 생각이 딱 맞았다. 비루하게 외국에다가 우리 불쌍해졌다고 사정해봐야 가엾게 여길 강국은 지구상에 절대 없다. 아마도 우리의 불행을 무시하는 대가로 일본에 무언가를 요구할 구실이 될 뿐이다.

"아직은 제대로 된 군사력을 갖추지도 못해서 소규모의 투쟁을

시도하고 있네. 하지만 곧 군사력을 키울 작정이고 중국에서도 지원을 약속했다네."

김한 선생은 자랑스럽게 말했다.

"그 능력을 저에게도 좀 나누어 주십시오."

김한 선생은 잠시 말을 끊고 내 눈을 뚫어지게 노려보더니 목소리를 낮추고 물었다.

"무엇을 원하나?"

"내년 가을에 일본의 황태자 결혼식이 있습니다."

"천황의 아들이 결혼하던가?"

"그렇습니다. 그 행사가 아주 성대하게 열립니다. 아마도 행진까지 있을 것 같습니다."

나는 망설이지 않고 내 뜻을 말했다.

"폭탄을 투척할 작정입니다."

"누가 말인가?"

"제가 직접 할 겁니다."

"왜?"

왜라고 묻다니. 나는 김한 선생의 진의를 파악하지 못했다. 의열단이 하는 것과 다를 게 없는데 어째서 '왜'라고 묻는 것인가.

"나는 권력과 자본으로 민중을 짓밟는 자들을 용서할 수 없고 특히 일본의 천황을 용서할 수가 없습니다."

"그래서?"

"스스로 깨닫고 악행을 멈춰야 하는데 그러지 못하니 제가 나서서 응징하고자 합니다."

김한 선생은 잠시 아무 말도 하지 않다가 고개를 끄덕였다.

"내가 결정할 일이 아닐세. 이소암을 통해 연락을 할 테니 도쿄로 돌아가서 기다리시게."

"도쿄로 연락을 주시겠습니까?"

"그러겠네."

"늦지 않았으면 좋겠습니다."

"내년 봄까지는 연락을 주겠네."

"기다리겠습니다."

나는 김한 선생에게 부탁의 의미로 고개를 숙였다.

2

유난히 추운 겨울이 시작되었다. 11월부터 매일 눈이 내리고 혹한이 시작되었다. 추운 날에 날마다 돈을 벌기 위해서 인삼을 팔러 나가는 가네코가 가엾어서 견딜 수가 없었다. 그러나 말려도 듣지 않을 그녀였다.

도쿄로 돌아온 나는 새로운 단체를 조직하려고 마음먹었다. 그래서 매일 동지들을 규합하느라 바빴다. 그리고 내가 활동하는 동안

에 가네코는 주로 돈을 만들러 다녔다.

한겨울 살아가는 일도 만만치 않았지만 특히 동지들이 모일 수 있는 큰 집으로 세를 얻어서 나가려면 겨울에 부지런히 돈을 모아야만 했기 때문이다. 인삼은 가을부터 초여름까지만 팔 수 있는 약재였다.

나는 나대로 틈이 나면 광고료를 뜯으러 다녔다. 정상적인 방법은 아니고 소위 말하는 '회사 건달'이라는 작업으로 그야말로 깡패들이나 하는 짓이었다. 하지만 나로서는 그런 짓을 하는 게 자못 유쾌했다.

사회적으로 명성이 있고 돈이 있는 작자들은 우리 같은 무산자 계급, 그중에서도 불령선인들과 엮이는 걸 질색했다.

바로 그런 점을 이용해서 돈을 뜯어내는 작업이다.

먼저 우리 마음대로 광고를 실어버린다. 미쓰코시 백화점 같은 큰 회사의 광고를 떡하니 우리 잡지에 싣는다. 그래서 우리가 발간하는《흑도》나《뻔뻔스러운 조선인》등에는 우리가 파는 인삼 광고 외에 다른 대기업의 광고가 종종 실리게 된다.

그런 다음 잡지를 들고 회사로 가서 다짜고짜 광고료를 달라고 하면 그들은 두 가지 유형으로 대응한다. 첫째의 경우는 두말없이 광고료를 몇 푼 집어주고 쫓아내는 경우, 두 번째는 광고료를 주는 대신 다시는 싣지 말라고 하는 경우이다.

어느 쪽이든 우리는 몇 푼을 뜯어낸다. 공갈이나 협박, 사기로 고

발하거나 경찰을 부르는 경우는 거의 없다. 그들은 우리와 친하기도 싫지만 적이 되는 것도 바라지 않는다. 그냥 거지 취급을 하는 게 그들로서는 가장 간편한 방법이다.

그러나 거액을 요구하거나 자주 써먹을 수법은 아니다. 그렇게 되면 이제 경찰이 개입하게 된다. 경찰이 무섭지는 않지만 지저분한 일로 경찰이 개입하게 되면 체면을 구긴다. 경찰이 이게 웬 떡이냐 싶어서 신문에 사기 사건으로 대서특필할 것이기 때문이다.

어쨌거나 가네코보다는 내가 훨씬 편한 직업을 택한 건 틀림없다. 인삼을 들고 팔러 다니는 일은 이렇게 추운 겨울에 할 만한 일이 아니기 때문이다.

그런 면에서 가네코는 내 여자이기 이전에 존경스러운 동지이다. 언제나 스스로 열심히 일해서 돈을 벌고 그 돈으로 활동한다. 아무리 피곤해도 책을 읽고 글을 쓰는 일은 멈추지 않는다.

그녀가 지어내는 '하이쿠(短歌)'는 정말 명품이다. 가끔 그녀가 써서 읽어주는 하이쿠를 들으면서 울컥할 때가 있다. 여성들이 흔히 쓰는 연정을 담은 섬세한 하이쿠가 아니라 맹렬한 자존감을 나타내는 강렬한 한편의 투쟁가라고 할 수 있다.

아침부터 하루 종일 눈보라가 몰아쳤다. 해질 녘에도 눈보라는 멈추지 않았다. 가네코는 온몸이 땡땡 얼어서 돌아왔다. 얼굴도 손도 빨갛다 못해 자줏빛이고 두 발은 퉁퉁 부어 보였다.

"도대체 왜 그냥 돌아오지 않았습니까? 당장 굶는 것도 아닌데."

나는 화가 나서 나무랐지만 가네코는 생글생글 웃으면서 빈 보따리를 뒤집어 보였다.

"다 팔았어요. 오늘 땡잡았다고요. 알기나 알고 말씀하세요, 박열 씨."

가네코는 이불 속으로 들어가면서 유쾌하게 말했다.

"아무리 눈보라가 친다고 어찌 사내가 되어가지고 대문 밖에도 안 나가요?"

"엇? 내가 문밖에도 안 나간 걸 어떻게 아십니까?"

가네코가 이불 속에서 손을 쓱 내밀었다. 손에는 편지봉투가 하나 쥐어져 있었다.

"기다리던 소식이 왔네요."

나는 낚아채듯 가네코의 손에서 편지를 빼앗아 뜯었다. 가네코는 함께 살면서도 절대로 내 편지를 뜯어보지 않는다. 하다못해 내 주머니의 쪽지도 펼쳐보지 않는다. 편지는 뜯어보아도 중요한 편지일 경우 어차피 서로에게만 통하는 암호로 되어 있다.

"분홍색이네? 여성의 연서라도 되는 양."

가네코는 뻔히 알면서 농담을 던졌다. 나는 흥분을 억누르고 편지를 읽었다.

'실망이 많을 줄 알고 있소.'

실제 실망이 많았다. 의열단장 김원봉의 허락을 받았다는 것만으

로 일이 다 된 줄 알았는데, 폭탄을 가지고 조선으로 들어오던 의열단원이 국경에서 검문에 걸려 몽땅 압수당하는 바람에 무산되고 말았다.

나는 그래도 좌절하지 않고 계속해서 김한에게 접촉을 부탁했고, 이소암을 통해서 편지를 주고받으면서 올해 가을까지는 꼭 폭탄을 건네받고 싶다고 사정했다. 그리고 그 답장이 오늘에야 이소암의 명의로 손에 들어온 것이다.

'조선까지는 성공적이오. 이제 3월에는 도쿄로 보낼 생각인데 도쿄에서 어떤 방식으로 받을지를 생각해두시오.'

나는 뛸 듯이 기뻤다. 중국에서 조선으로 폭탄을 반입하는 일은 정말 어렵다. 하지만 조선에서 도쿄로는 훨씬 쉽다고들 했다. 아마도 조선에서는 빈번하게 일어나는 폭탄 투척 사건이나 총격 사건이 일본 본토에서는 덜 일어나서일 것이다.

나는 폭탄을 어떻게 받을지 이미 구체적으로 생각해둔 바가 있다. 그리고 봄에는 한적하고 넓은 곳으로 이사해서 주변에 폭탄을 숨겨둘 작정이었다.

"좋은 소식인가요?"

가네코가 이불 속에서 상체만 일으키며 내 표정을 보고 물었다.

"좋은 소식이오."

나는 가네코의 품으로 파고들었다.

3

겨울 내내 가네코가 고생한 덕분에 어느 정도 돈을 모아서 우리가 원하던 집으로 이사할 수 있었다. 도요타마 군 요요기도미카야의 마당이 넓은 주택 2층을 세내어 들어갔다.

길 건너편에는 목장과 숲이 어우러진 근사한 풍경을 바라볼 수 있었고 동지들이 와서 함께 회합을 하기에도 더없이 좋았다.

그곳에서 다시 '불령사(不逞社)'라는 단체를 조직하고 동지들과 함께 조직을 재정비했다.

이런 모든 경제력을 뒷받침한 건 동지들과 후원자들 외에 힘들여 인삼 행상을 잘해낸 가네코의 노력이 컸다.

'마시자! 마시자! 만인이 두루 아는 영약! 조선인삼! 자본가도 노동자도 정치가도! 품질 확실! 효능 보증! 발매원 도쿄 부 세타가야 데지리 412, 조선인삼상 박문자'

가네코는 우리가 발행하는 잡지에 이렇게 광고를 싣고는 그 광고를 마치 신문광고라도 되는 양 대충 오려서 들고 다니면서 인삼을 팔았다. 판매원 박문자는 가네코의 조선식 이름이다.

옷차림도 조선 여자처럼 하고 다니면서 서투른 조선말을 했다. 하지만 일본인들은 가네코를 정말로 일본말을 아주 잘하는 조선인 쯤으로 알았다고 한다.

이사를 하고 들뜬 기분으로 폭탄을 감춰둘 목장 뒤쪽의 숲까지 정해두었는데, 그 봄에 다시 이소암으로부터 절망적인 편지가 도착했다.

'불발. 조선의 폭탄은 전부 압수당함. 김상옥 사건의 여파. 며칠 전 김한 구금.'

나는 너무 실망해서 그냥 권총만이라도 한 자루 가지고 돌진해야 할까 생각하게 되었다. 의열단은 워낙 뛰어나고 신출귀몰해서 굳게 믿고 있었고, 1월에 일어난 김상옥 사건이 김한 선생과 연결이 될 줄은 꿈에도 몰랐다.

김상옥은 워낙 뛰어난 의열단원이었다.

처음 두각을 나타낸 것은 3·1만세운동도 일어나기 전에 일본헌병대 초소를 습격해서 무기를 탈취하고 그 무기를 이용해서 친일파 두 명을 처단했다고 알려졌다.

또 몇 년 뒤에 3·1만세운동 당시 조선의 여학생들을 칼로 베려던 경찰을 공격해서 오히려 두들겨 패고 칼과 단검을 빼앗은 일로 유명하다.

그런 김상옥이 의열단에 합류하기 위해 조선을 떠났는데, 정말인지 조금 부풀린 건지는 모르지만 가던 길에 압록강을 건널 때에는 일본 헌병 하나를 해치웠다고 하고, 돌아오는 길에는 신의주의 초소에서 검문하던 일본 헌병 둘을 죽이고 유유히 잠입했다고 한다.

그 후에 종로경찰서에 폭탄을 투척해서 총독부를 경악하게 했는데 들어갈 때에는 전기수리공으로 변장해서 들어가고 탈출할 때에는 목수로 변장해서 탈출하는 등 신출귀몰의 대명사였다.

신문에 난 기사와 들리는 소문을 합하면 그의 마지막 모습은 내가 보기에 참으로 장렬했다.

'1월 17일 눈 내리는 새벽 3시, 김상옥 단원은 은신처인 고봉근의 집이 종로경찰서 형사진에게 발각되어 우메다 경부 등의 지휘 아래 20여 명의 일본 경찰에게 포위되었다.

그런데 김상옥은 혼자 일본 경찰과 총격전을 벌여 다무라 형사부장 등을 사살하고, 그 밖의 여러 일본 순사들에게 중상을 입힌 뒤 포위망을 뚫고 남산 쪽으로 자취를 감추었다.'

'그는 눈 덮인 남산을 넘어 산속의 사찰 안장사에 들어가서 승복을 빌려 입고 빠져나가서 효제동 이혜수 동지의 집에 은신했다고 한다.'

'그러나 일본의 경찰들도 끈질기게 추격해서 1월 22일 새벽에 우마노 경기도 경찰부장의 총지휘로 수백 명의 무장경관이 효제동의 은신처를 완전 포위했다.'

'김상옥은 이번에도 혼자 두 손에 권총을 들고 일본 경찰과 3시간 반을 싸워서 서대문경찰서 경부 구리다를 비롯한 여러 명을 사살했다.

그러나 결국 총일이 떨어져서 마지막 한 발만이 남자, 스스로의 가슴에 총을 쏘아서 자결하고 말았다고 한다. 평소에 "절대로 잡혀서 동지들에게 해가 되지 않게 하겠다."고 말하던 대로 실행했던 것이다.

경찰들에게 잡혀가면 잔인하기 짝이 없는 고문으로 인해서 결국 동지들의 비밀을 전부 실토하게 되기 때문이다.'

나는 그때 김상옥에 대해서 듣고 내게는 백발백중의 사격술이 없음을 아쉬워하고 그의 용감함을 칭송했는데 그 여파가 나에게 미칠 줄은 꿈에도 생각하지 못했다.

나는 또 다른 방법을 찾아 헤매야 했다.

4

나는 그러나 절망하지는 않았다. 가끔 가네코가 '잘 안 되는 거죠?' 라고 물으면 나는 '아직 몰라.' 라고 대답하고는 했다.

그것은 나 자신에 대한 다짐이나 같다. 나는 아직 가을까지는 시간이 남아 있고 그 사이에 무슨 짓을 하든 폭탄을 손에 넣을 작정이었다.

그러던 어느 날, 가네코가 지나가듯이 한마디 툭 던졌다.

"돈이 아주 많으면 가능할 수도 있을 텐데."

나는 가네코가 무심코 던진 말에 퍼뜩 자금이 필요하다는 생각을 하게 되었다.

'그렇다. 맨손으로 여기저기 사정을 하니 되는 일이 없는 것이다. 거사에는 돈이 필요하다.'

가네코에게는 내색하지 않았지만 그날부터 나는 자금을 어떻게 구할까 궁리하기 시작했다.

사실 생활도 이제 조금씩 어려워지는 판국인데 거금을 손에 넣기는 불가능했다. 봄이 지나면 인삼 장사도 끝이 난다.

회사 건달 노릇으로는 거금을 손에 쥘 수가 없다.

고민하는 중에 장상중이 찾아왔다.

"박홍신 동지의 이야기를 들었나?"

"아니. 요즘 만나보지 못했네."

장상중도 박홍신도 나와는 친분이 두터웠다. 같은 불령사 동지이면서 또 한편으로는 '혈권단(血拳團)'의 동지이기도 했다. 혈권단은 친일파라든가 민족의 반역자, 천황의 개 노릇을 하면서 민중을 짓밟은 놈들을 무력으로 처단하자고 만든 단체였다.

"그런데 왜?"

"박홍신이 말하기로 장덕수가 도쿄에 온다는데 말일세."

"그래? 그 사기꾼 놈이?"

나는 장덕수에 대해서 이미 듣고 있었다. 그 망할 놈은 소위 말하는 '사기공산당사건'의 주범이었다. 러시아로부터 자금을 받아서 유흥비로 탕진한 막되어먹은 놈. 그런 놈은 자본가나 권력자들보다 더 나쁜 놈이다. 동지들을 이용해서 자기 배를 채우다니.

"그렇다네. 하지만 박살을 내주고 싶어도 얼굴을 알아야지."

장상중의 말대로 나 역시 장덕수의 얼굴을 몰랐다. 그러나 알 방법이 없지는 않다.

"김중한을 찾아가야겠네."

"김중한?"

"내게 아나키즘에 대해서 배우자고 왔는데 지금 도쿄에 있으니 만날 수 있을 걸세."

"그 사람이 장덕수를 알아?"

"얼굴만 아는 게 아니라 어디 있는지도 알 만한 사람이야."

나는 장상중을 데리고 길을 나섰다. 가는 도중에 박홍신까지 합류해서 셋이 김중한을 찾아갔다. 김중한은 예상대로 장덕수의 소재를 알았다.

"주소로는 찾기 어려울 테니 내가 안내하겠네."

김중한은 무엇을 하려는지 알면서도 개의치 않고 우리 일행을 츠요다의 칸다 거리로 안내했다. 니시칸다의 번화한 거리를 지나자 근사한 여관 하나가 나타났다.

"여기일세. 내가 먼저 보고 나오겠네."

김중한은 폭력사건에는 끼어들기 싫은 모양이다. 먼저 급하게 들어가더니 다시 나와서 지금 여관의 1층 카페에 앉아서 커피를 마시고 있는 회색 양복의 신사라고 알려주었다. 카페 안에 종업원 외에 다른 사람이 없으므로 구분할 것도 없다고 했다.

나는 박홍신과 장상중에게 밖에서 기다리라고 해두고 혼자 안으로 들어갔다. 어딘가로 끌어내려면 혼자 들어가는 게 좋았다.

카페에 들어서자 정말로 종업원 외에는 회색 양복의 신사 한 명밖에 없었다. 다짜고짜 다가가서 장덕수 앞에 섰다.

"장덕수 씨 맞소?"

"그렇소만?"

장덕수는 약간 놀란 눈으로 쳐다보았다.

"나 박열이라는 사람이오."

"아, 이름은 많이 들었소."

"당신한테 물어볼 것이 있으니 잠시만 좀 사람들 눈을 피해서 나갑시다."

나는 일부러 종업원들을 흘끗거렸다. 장덕수는 약간 경계하는 듯이 나를 쳐다보더니 망설이면서 커피잔을 만지작거렸다.

"멀리 가지 않을 거요."

그렇게 말했지만 장덕수는 움직일 마음이 없어 보였다.

"여기서 이야기해도 어차피 조선말을 알아듣지 못할 것인데……."

그 순간 나는 더 참을 수가 없어서 냅다 발길로 장덕수가 앉은 탁자를 차버렸다.

"사기꾼 놈. 동지들 피를 빨아먹어?"

장덕수는 후다닥 일어나서 현관을 향해 달려 나갔다.

"경찰 불러주시오!"

그런데 달려 나가던 장덕수는 기다리고 있던 장상중과 박흥신에게 걸려들었다. 장상중이 발을 걸었고, 균형을 잃고 앞으로 고꾸라지는 장덕수를 박흥신이 냅다 걷어찼다. 어이쿠. 장덕수는 배를 움켜잡고 현관 밖으로 굴렀다. 그가 다시 달아나려고 했는데 박흥신과 장상중은 놓치지 않고 밟고 때렸다.

내가 밖으로 나와서 합세하려는데 경찰들이 호각을 불며 달려왔다. 어느새 여관 종업원이 신고를 했고 경찰들이 득달같이 쫓아온 모양이다.

장덕수는 피투성이가 되어서 바닥을 기었다. 우리는 더 패주고 싶었지만 경찰들이 와서 총을 겨누었기에 멈출 수밖에 없었다.

셋이 나란히 니시칸다 경찰서로 끌려가서 조서를 받는데 그제야 경찰이 그렇게 빨리 나타난 이유를 알았다. 경찰서의 흔한 경찰이 아니라 특고가 나타났다. 우리를 감시하고 있었던 듯하다.

각자 다른 방에 넣더니 조사를 시작했다.

"암살을 모의한 거냐?"

"모의한 적 없다."

"암살이 아니면 납치인 거냐?"

"대화하려고 했을 뿐이다."

"셋이 몰려가서 린치를 가해놓고 딴소리냐? 만일 경찰의 출동이 늦었으면 죽일 작정이 아니었냐?"

"죽일 생각은 하지 않았다. 같은 동포이고 서로 오해가 있어서 풀려고 했다."

"어떤 오해인가?"

"우리와 뜻이 같은지 아닌지를 알아보려고 했다."

"너희 셋의 이유가 다르면 각오해라. 몇 년 푹 썩게 해주마."

"뜻이 다르고 말고가 없다. 내 친구 둘은 내가 왜 장덕수를 만나려고 했는지 이유도 모른다. 그저 나를 따라나섰다가 나와 장덕수가 다투는 것 같으니까 막다가 일어난 일이다. 내가 너무 흥분한 점을 인정한다."

"그렇게 되나 보자."

특고는 비웃으며 나갔지만 나는 자신이 있었다. 오기 전에 이미 아무것도 모르는 것으로 말을 맞추었기 때문이다.

만일의 경우 우발적이라고 한다. 내가 가자고 해서 영문을 모르고 나섰다. 싸울 줄은 몰랐다. 평소에 혈권단 자체의 밀약이 한 사람만이 뒤집어쓴다는 것이었고, 그 주범이 내가 되기로 했기 때문에 세 사람을 격리하고 물어보아도 진술이 같을 수밖에 없다.

나는 혼자 들어갈 각오를 다졌다.

특고도 만만치 않았다. 꼬치꼬치 따지고 들 기세였다. 그런데 김중한이 가네코에게 연락을 한 덕분에 후세 변호사가 달려왔다.

"덮어씌우지 마라. 그럴 만한 원한관계가 없고 단순한 의견 다툼이다."

후세 변호사는 내 주장을 그대로 밀고 나갔다. 가장 중요한 점은 우리 셋 모두가 무기를 지니지 않았다는 점이었다.

결국 우리 셋은 나란히 경찰서 유치장에서 29일간의 구류를 살아야 했다. 정식 재판을 하기에는 증거가 불충분하다는 걸 후세 변호사가 주지시켜서 특고도 검사도 자신이 없었는지 그냥 구류로 결정해버렸다.

어쨌거나 흠신 패준 대가로 29일을 갇혀서 지내야 했다. 하루가 아까운 나로서는 답답하기 짝이 없는 한 달이었다.

7장 · 끝없는 도전

1

풀려나와서 내가 제일 먼저 김중한을 만났다. 구류 동안은 면회가 되지 않아서 가네코를 한 달이나 보지 못했지만 자유를 찾자마자 제일 먼저 여자한테 달려가는 짓은 못나 보였다.

나는 갇혀 있는 내내 내가 해야 할 일에 대해서 생각하면서 확고한 신념을 가지게 되었다. 김중한을 만나서 그 심정을 속에 있는 대로 솔직하게 털어놓았다.

우리는 다카다노바바의 낙지집에 마주앉아서 소리를 죽여 속에 있는 이야기를 시작했다. 조선말이고 손님이 별로 없어서 대화하기에 좋았다.

"이번에 갇혀 있으면서 나에 대해서 확실하게 알게 되었네."

"자네 자신에 대해서?"

"그래. 난 절대로 여섯 달이나 몇 년을 갇혀서 지내는 건 절대로 못한다는 걸 알았네."

"그거야 누구나 못할 짓이지."

"난 특히 못하겠네. 그래서 결심할 수밖에 없네."

"무슨 결정인가?"

김중한은 궁금한 표정으로 술잔을 내려놓았다. 비밀스럽고 중요한 일을 하는 사람들은 상대의 말투로 경중을 파악하는 능력을 가지고 있다.

"난 일본 정부에게 교훈을 심어주고자 하네."

"지금 충분히 그렇게 하고 있지 않는가? 자네의 강연과 글은 충분히 반향을 일으키고 있네. 조선인 무정부주의자가 강연하는 데 2000명씩 모이는 건 전례가 없는 일이지. 오스기 선생의 강연에도 500명이 고작이었어."

김중한은 내게 용기를 주려고 하는 것 같았다. 아마도 내가 구류로 인해서 위축되기라도 했을까 봐 하는 말 같지는 않았지만 이제 막 풀려난 사람에 대한 배려로 보였다.

"난 내 나약한 혀와 펜을 믿지 않네."

나는 단호하게 내 태도를 보였다.

"난 내 폭력을 믿겠네. 저들이 고상하고 세련된 폭력으로 나를 짓누른다면 나는 거칠고 무자비한 폭력으로 상대하겠네."

"요점이 뭔가?"

"폭탄이 필요하네."

김중한은 움찔 놀랐다.

"벌써 여러 번 시도했지만 실패하고 말았네. 그러나 이제는 시간

이 얼마 없어."

나는 김중한이 나서면 의열단에 선이 닿을 거라고 믿었다. 김한이 체포된 상황에서 내가 직접 의열단과 선이 닿는 길은 없었다. 그들은 서로 점으로 이어져 있어서 내가 누군지도 모른다. 설사 이소암이 나서준다고 해도 의열단으로서는 나에 대해서 확신이 없을 것이다.

"의열단에서는 나의 존재를 알고는 있네. 확실하게 박열이라고는 알지 못하지만 도쿄에서 폭탄을 필요로 하는 김한 선생의 친구로 알고 있을 걸세. 이소암은 나를 직접 만나기도 했지."

"그렇다면 자네가 직접 이소암에게 연락해도 될 것인데?"

"그렇지 않네. 나와 김한과 사이에 이소암이 끼어서 일을 진행하다가 끊겼네. 그러니까 그 경로로는 다시 움직일 수 없네."

김중한은 고개를 끄덕였다. 내 이야기를 상식적으로 이해했을 것이다. 한번 끊어진 선을 이어서 사용하는 건 금물이다.

"자네가 다른 선을 이어주었으면 하네만."

김중한은 술을 마시고 낙지를 우물거리면서 잠시 생각에 빠졌다. 나는 김중한도 이해했으리라 믿었다. 무력투쟁에 문외한인 나도 인지하는 문제를 김중한이 모를 리 없었다. 다만 나를 신뢰하지 못하는 것 같았다.

"나 스스로 제조할 궁리도 해보았네. 약국에서 화학약품들을 사다가 몰래 실험도 해보고는 했지. 하지만 내 재주로는 불가능했네."

김중한이 싱긋 웃었다.

"그런 걸로는 아무 일도 못해."

"내 말이 그 말일세."

"언제 어디를 생각하고 있나?"

"11월에 있는 황태자 결혼식일세."

김중한은 예상했다는 듯이 고개를 끄덕였다.

"그러니까 9월 이전에는 어떻게 해서든 꼭 받고 싶네. 9월을 넘겨서는 안 되네."

나는 9월을 강조했다.

"여비가 꽤 들 것 같네."

김중한의 요구에 나는 고개를 끄덕였다.

"어떻게 해서든 만들어보겠네."

2

집에 돌아오니 가네코가 뒷마당에서 커다란 양철통 여러 개를 놓고 무언가 만들고 있었다. 잔 나뭇가지들을 태우면서 무언가를 끓이는데 냄새가 역했다.

"뭘 하고 있습니까?"

"비누 만들어요."

가네코는 어깨를 으쓱하며 웃었다. 다가가서 끌어안고 입을 맞추었다.

"어제 올 줄 알았는데 어디 갔었어요?"

"김중한을 만났어."

"그 사람 용케 자기만 빠져나갔죠?"

"내가 바라던 바야."

나란히 끓고 있는 액체 앞에 쪼그리고 앉았다.

"이 더운 5월에 비누를 만들다니."

가네코는 아랑곳하지 않고 펄펄 끓는 양철통 속을 막대기로 휘저었다.

"날이 더워지면 가루비누보다 천연비누가 더 잘 팔려요. 여름에는 피부가 나빠지니까 습진을 막느라 이런 비누를 더 선호한다고요."

"제대로 만들 줄은 아는 겁니까?"

"어렵지 않아요. 양잿물과 뎀뿌라를 튀기고 난 돼지기름을 가져다가 섞어서 끓이고 굳히면 그만이죠."

"사용하고 난 돼지기름을 대주는 곳이 있나 보죠?"

"그런 도매상은 없어요."

가네코가 나를 돌아보며 눈을 찡긋거리고 웃었다.

"내 미모로 꼬셔서 얻어내는 거죠."

"어디서 말입니까?"

"온 세상에 깔린 게 돼지기름을 사용하는 템뿌라 집이에요. 그러니까 집집마다 다니면서 얻어내는 거죠."

"공짜로 줍니까?"

"비누 한 장씩 주면 돼요. 내 미모가 어림도 없는 건 나도 아니까."

가네코는 키득키득 웃었다.

"당신은 아름답습니다, 가네코 씨. 이 세상에서 가장 멋진 여성이죠."

나는 가네코가 사랑스러워서 등 뒤로부터 끌어안았다. 가네코는 그대로 몸을 맡기면서도 한마디 보탰다.

"이왕이면 가장 멋진 투사라고 해주세요. 박열 동지."

오랜만에 가네코가 정성스럽게 지어준 밥을 먹고 나란히 목장 너머에 있는 숲으로 산책을 나갔다. 나란히 손을 잡고 이제 막 떠오르는 별들을 바라보면서 숲길을 걸었다. 5월의 밤하늘은 신비롭고 아름다웠다. 달이 구름을 머금고 천천히 흘러가고 있었다.

"저 달이 참 아름답지만 참 무심한 것 알아요?"

"왜 무심하다고 하십니까?"

"조선에 있을 때예요. 한겨울이었는데 한 벌뿐인 옷을 더럽히는 바람에 집에서 쫓겨나 우물가에서 쪼그리고 앉아 옷을 빨고 있는데요. 어둠 속에서 제대로 빨아질 리가 없으니까 달이 좀 떠올랐으면

했거든요. 그런데 그날 달이 매정하게 떠오르지 않더군요. 구름만 가득했어요. 하늘 한가득."

가네코는 고개를 젖혀서 달을 바라보며 웃었다.

"그런데 다음 날은 아주 환하게 떠오르더군요. 난 어제 죽도록 맞았는데 달은 오늘 떠오르지 뭐예요?"

하하하. 나는 가네코의 맞잡은 손을 흔들며 웃었다.

"결국 학교에도 물에 젖고 더러운 채로 입고 가야 했어요. 얼마나 추웠던지 집을 나서고 얼마 안 가서 재빨리 벗어버렸지만요."

숲속에는 아주 커다란 삼나무들이 많았다. 나무 그루터기에 기대앉아 가네코가 무릎을 베고 눕게 했다. 고개를 들어 한없이 별과 달을 올려다보았다.

"노래 좀 불러봐요."

"노래?"

"무드 있게."

가네코는 하늘을 올려다보면서 내 노래를 기다렸고 나는 할 만한 노래가 생각나지 않아서 멀거니 별들만 바라보고 있었다. 그러다가 문득 유치장에서 누군가가 불렀던 노랫가락이 생각났다. 음악을 잘 모르지만 노랫말이 좋아서 배웠다.

울 밑에 선 봉선화야 네 모양이 처량하다

길고 긴 날 여름철에 아름답게 꽃필 적에

어여쁘신 아가씨들 너를 반겨 놀았도다

어언간에 여름 가고 가을바람 솔솔 불어
아름다운 꽃송이를 모질게도 침노하니
낙화로다 늙어졌다 네 모양이 처량하다

북풍한설 찬바람에 네 형체가 없어져도
평화로운 꿈을 꾸는 너의 혼은 예 있으니
화창스런 봄바람에 환생키를 바라노라

가네코는 잠자코 듣더니 손을 들어 내 뺨을 만지면서 물었다.

"언제인가는……이라는 희망일까요?"

"그저 노래입니다."

"그건 그래요. 노래로는 아무것도 바꾸지 못하겠죠."

가네코는 고개를 끄덕이다가 문득 물었다.

"참, 아리랑 알아요?"

나는 가네코를 내려다보았다. 아리랑은 좀처럼 부르지 않는 조선 민중들의 서글픈 노래다. 주로 일할 때 부르는 노동요다.

"별로 좋아하지 않습니다."

"어째서요?"

"조선의 민중들은 지금 일본에 징용을 끌려오듯이 옛날에는 왕

을 위한 궁궐을 짓거나 지방의 권력자들을 위해서 끌려갔습니다. 그리고 힘든 노동을 하면서 한풀이처럼 이 노래를 불렀습니다."

"그런데 아리랑고개는 조선 어디에 있어요?"

나는 가네코의 눈을 내려다보면서 나도 모르게 웃어버렸다.

"조선의 모든 고개는 아리랑고개입니다."

"엉터리."

가네코는 웃고 나는 하늘의 별을 바라보았다. 은하수가 흘러가고 있었다.

다음 날부터 가네코와 기름을 얻으러 다녔다. 하루는 기름을 얻으러 돌아다니고 하루는 비누를 만들고 그다음 하루는 비누를 팔러 다녔다.

"교회에 가면 잘 팔려요."

"교회에서 비누를 많이 쓰나?"

"절에 가도 잘 팔려요."

"신을 믿는 작자들이라서 유독 깔끔을 떠는 겁니까?"

"그게 아니라 동정심을 사는 거죠."

나는 어이가 없어서 가네코를 바라보았다. 가네코는 오히려 나를 이상하게 쳐다보더니 비누 보따리를 들고 성큼성큼 가기 시작했다.

"안 내키면 혼자 팔 테니까 돌아가세요."

나는 멀거니 그녀를 바라보다가 말고 재빨리 따라가서 보따리를

받아 들었다.

"아니, 그냥 내가 미처 생각하지 못한 거였습니다."

"난 동냥도 구걸도 창피하지 않아요. 난 내 정신머리를 파는 것도 아니고 내 몸뚱어리를 파는 것도 아니에요. 비누를 파는 거예요."

"갑자기 당신이 초라해 보일까 싶어서 그랬습니다."

"날 초라하게 보는 건 날 진짜 모르는 거죠."

가네코는 당당하게 말했다.

"그래도 난 그걸 이용할 거예요."

나는 물론 가네코가 초라해질 여자가 아님을 잘 알았다. 그녀는 어떤 상황에 놓여도 절대 초라해지지 않을 여자다.

그녀는 정상적인 부모에게서 태어나지 못해 호적도 없이 지내다가 고모네 집에 양녀로 들어가게 되었다. 그 집 자식이 없어서였는데, 들어가서 얼마 지나지 않자 집안의 대를 이을 아이가 태어났다.

그렇게 되자 이제 가네코는 필요 없는 존재가 되었고 학대가 시작되었다.

어린 시절에 너무 심하게 학대를 받아서 보통의 사람들이라면 상처를 이겨내지 못하고 우울한 인간이 되어버리거나 패배주의에 빠져서 아무 판단 없이 그냥저냥 살아가는 노예형 인간이 되기 십상인데 가네코는 그렇지 않았다.

'고마워 죽겠다. 너희들이 날 이렇게 대해줘서.'

가네코는 스스로 이겨내고 발전하고, 고분고분하게 굴지 않아서 받는 고통을 감수했다. 그리고 그 힘으로 자신을 일으켜 세우고 자신의 세계를 확립했다.

'복종하라고 하지 마. 복종보다 더 싫은 건 없으니까.'

배고픔, 헐벗음, 추위, 초라함……. 가네코는 이런 것들을 조금도 두려워하지 않았다. 그녀가 가장 두려워한 것은 '자존감'을 잃는 것이었다.

그래서 그녀는 자존감 강하고 고분고분하지 않은 멋진 인간으로 나와 함께 지냈다.

나는 그녀 때문에 행복했다.

3

결국 자금이 필요해서 나는 장상중과 박홍신을 만났다. 김중한에게 여비를 만들어주려면 거금이 필요했는데 아직까지 해결하지 못하고 있었다.

우리들은 싸구려 막소주를 사다가 박홍신의 하숙집에서 오이를 안주로 마시는 중이었다.

그때 이필현이 나타나서 묘한 이야기를 했다.

"《백화》라는 잡지 기억하나?"

당연히 알 만한 잡지였다. 잡지를 만든 사람도 훌륭한 작가였고 잡지 자체도 훌륭했다. 다만 부유한 귀족답게 박애정신 운운하는 따위가 내 마음에는 들지 않았다.

"그 잡지를 만든 아리시마 다케오가 지금 도쿄에 와 있다네."

"그런데?"

"그런데라니? 그런 거부를 우리가 접할 기회가 있겠나? 원래 그 집안 자체가 아주 귀족 집안이어서 아리시마는 귀족들만 다니는 학습원을 나왔어."

장상중이 눈살을 찌푸렸다.

"그런 작자 이야기는 왜 꺼내는 건가?"

"아리시마의 경우에는 우리와 사상적으로 비슷하다고 들었는데 모르겠나?"

박홍신이 코웃음을 쳤다.

"그런 금수저를 입에 물고 나온 가짜 '주의자'는 상대하지 않겠네."

"그게 아니라 한번쯤 떠보는 것도 좋지 않겠나 싶어서 말이야."

이필현은 나를 돌아보면서 말했다.

"뭐 어쩌면 통할 것도 같지 않나?"

이필현의 말은 일리가 있었다. 어디서 읽었는지는 기억이 잘 나지 않지만 아리시마가 크로포트킨에 대해서 쓴 글을 읽은 것도 같다. 그러니까 아나키스트들에게 상당히 호의적일 수도 있다.

"만나보면 어떤가?"

"만나서 무슨 명분으로 자금을 대달라고 하겠나? 황족을 죽이겠다고 황족의 친구에게 그 자금을 대달라고 한다는 말인가?"

장상중이 말도 안 된다고 손을 내저었다. 그러나 내 생각은 달랐다. 생각해볼 만한 기회였다.

"말이 통한다 해도 그에게 거액이 있을까? 부자라고 해서 현금을 지니고 다닐 리도 없는데……."

박홍신도 탐탁지 않아 하는 표정이다.

"참 나……. 다 이유가 있어서 하는 말이야. 아리시마는 평소에 현금을 많이 가지고 다닌다고 소문난 거부야. 호텔 금고에 돈을 가득 넣어놓고 다니면서 마구 뿌린다고 하잖아?"

나는 잠자코 듣고 있었다.

동지들과 헤어지고 나서 나는 혼자 아리시마가 묵고 있다는 호텔로 가서 정말로 그가 그 호텔에 있는지를 잠시 지켜보았다.

아리시마는 정말로 호텔에 있었다. 그는 어느 젊은 여자와 함께 호텔로 들어가고 있었다.

시간은 이제 10시를 넘어가고 있었다. 오늘 밤이 기회라면 기회였다. 동지들에게 내 생각을 말하지 않고 혼자 온 것은 만일의 경우에 동지들이 피해를 입지 않게 하려는 생각이었다.

일단 강탈한다고 치자. 황태자와 친구라고 하니 사정 이야기를

해서 될 일은 아니고 다짜고짜 협박으로 나가는 게 좋을 것 같다.

거금을 빼앗는다고 해서 죄책감은 들지 않을 것 같았다. 무조건 자본가라고 해서 칼을 들이대고 돈을 빼앗는다면 너무 창피스러운 일이겠지만 상대는 현재 조선 민족의 고혈을 빠는 중인 황족의 측근 아닌가.

'마땅히 돈 1000원쯤은 털어도 된다.'

나는 때마침 옷을 제대로 입고 있었다. 장덕수를 공격하던 날에 입었던 것과 같은 양복인데 강연 때만 입는 단 한 벌의 제대로 된 옷이었다.

나는 호텔로 가서 뻔뻔스럽게 아리시마 선생과 약속이 되어 있다면서 특실로 올라가겠다고 했다. 사실 어느 방에 묵고 있을지는 몰랐지만 그 정도 거부라고 하면 금고까지 놓여 있는 특실일 거라고 막연히 생각했다.

종업원들은 약간 이상하게 여기면서도 제지하지는 않았다. 내가 너무 당당하게 말해서 그렇게 믿었던 것 같다. 친절하게 특실은 2층 끝 쪽이라고까지 알려주었다.

나는 태연히 특실로 가서 문을 두드렸다. 안에서 인기척이 나더니 아리시마가 아니라 여자가 문을 열었다. 나이는 서른 중반쯤 되어 보였다. 부인은 아닌 것 같았다. 부인은 어디선가 사진을 본 기억이 있다.

나는 양복저고리의 주머니에 손을 집어넣고 있었다. 마치 권총을

집어넣고 있는 것처럼 보이려고 하는 짓이다.

"아리시마 선생에게 박열이 왔다고 전해주시오."

"누구라고요?"

여자는 고개를 갸우뚱했다.

"누구라고?"

안에서 남자의 목소리가 들려왔다. 아리시마가 틀림없었다.

나는 갑자기 여자를 밀치면서 안으로 들어갔다. 그러고는 아리시마를 향해 서서 총이라도 겨눈 듯이 소리쳤다.

"아리시마, 나는 박열이라고 한다."

아리시마는 소파에 앉아서 책을 읽는 중이었다. 여자가 놀라서 밖으로 뛰어나가려고 하자 아리시마가 말렸다.

"아키코는 방에 들어가 있어."

의외로 침착하기 짝이 없는 태도였다. 나는 약간 당황했지만 여전히 아리시마를 향해 마치 주머니 속에 총이 들어 있는 것처럼 허풍을 떨었다.

"조용히 하지 않으면 다칠 수도 있소."

아리시마는 싱긋 웃었다.

"시끄러운 건 제군 아닌가?"

아키코라고 불린 여자는 방으로 들어가버렸다.

"주머니에 총이라도 들어 있나?"

나는 대꾸하지 못했다.

"그나저나 쏘려면 어서 쏘고 아니면 일단 좀 앉지?"

나는 아리시마를 바라보며 이런 인물은 협박이 통하지 않는다는 걸 깨달았다.

"제기랄."

나는 그냥 주머니 속의 손을 빼고 앞에 가서 앉았다. 내 모습에 아리시마가 킥킥 웃었다.

"자네는 내가 자네를 모르리라고 생각하는군."

"나를 아시오?"

"방금 박열이라고 말하지 않았나? 난 자네를 처음 보지만 박열이라는 이름은 알지. 강연회에 사람을 수천 명씩 모으는 재주는 아무나 부리는 게 아니니까."

"재주라고 했소?"

"아, 기분 나빴다면 용서하게. 그런데 무슨 일로 남의 집에 함부로 쳐들어와서 달콤한 시간을 방해하나?"

"자금이 필요해서 왔소."

"강도를 하러 온 건가? 그러면서 복면도 하지 않고 이름까지 대?"

"치사하게 강도질을 하기는 싫소. 나는 자본가의 돈을 강탈하러 온 것이오."

"얼마나?"

"1000엔."

"꽤 크군. 어디에 그렇게 큰돈이 필요하게 되었나?"

"황태자의 결혼식에 폭탄을 투척할 작정이오."

내가 당당하게 말하자 아리시마가 갑자기 크게 웃음을 터뜨렸다.

"그것 참 대단하군."

아리시마는 갑자기 자기가 읽던 책을 내 앞으로 내밀었다.

"읽어보았나?"

막스 슈티르너의 책이었다.

'유일자와 그의 소유.'

읽었지만 마음에 들지 않는 책이었다.

"읽다 말았소. 좋아하지 않소."

"난 이 책에서 말하는 국가와 개인 간의 대척관계에 흥미를 느꼈네."

"흥미 없소."

"어째서 그런가?"

"어떤 주의의 국가든 알량한 조건으로 인간을 우롱할 뿐이라고 생각해서요."

아리시마는 일어나더니 방으로 들어가면서 말했다.

"기다리게."

나는 약간 풀어진 느낌으로 슈티르너의 책을 바라보았다. 무정부주의자가 아니라 사회주의자였던가. 말은 통한 것 같다. 뭐 통하지 않았다면 잡혀가는 수밖에.

아리시마는 지폐를 잔뜩 들고 나왔다.

"1000엔으로 무슨 거사를 치르겠나. 두둑이 있어야지."

나는 아리시마가 탁자에 놓는 지폐 뭉치를 내려다보았다. 족히 1만 엔은 되어 보였다. 나는 그중에서 1000엔을 정확하게 뽑아냈다.

"1000엔이면 충분하오."

1000엔을 주머니에 넣고 일어섰다.

"자네가 부럽네."

아리시마의 말에 나는 문으로 향하다 말고 돌아보았다.

"자네는 길을 알고 있군."

아리시마는 빙긋이 웃었다.

"난 도무지 모르겠던데."

내게는 너무 이상한 경험이었다. 왜냐하면 아리시마는 바로 그 방에서 며칠 후 아키코라는 내가 본 여성과 동반자살을 해버렸기 때문이다.

신문의 어떤 기사는 현실과 이상의 괴리 때문에 괴로워했다고 했고, 어느 기사에서는 각기 가정이 따로 있는 유부녀와 유부남의 정사라고 했다.

누가 뭐라고 하든 나는 아리시마가 내게 남긴 한마디만 내내 기억하게 되었다.

'자네는 길을 알고 있군. 난 도무지 모르겠던데.'

4

날은 점점 더 더워지고 있었다. 아직은 7월 초라고 믿어지지 않는 무더위였다.

너무 더워서 비누를 만드는 일도 고역이고 밤마다 불령사 문집을 만드는 일도 힘들었다. 목에 수건을 두르고 일하는데도 툭하면 원고지에 땀방울이 후드득 떨어져버리고 만다.

철필을 긁는 일은 더 힘들었다. 손에 땀이 차서 철필이 미끄러웠고 등사를 할 때에는 땀을 감당할 수가 없어서 엉망이 되고는 했다. 큰 집을 세 얻은 관계로 가을부터 봄까지 인삼 장사해서 모은 돈은 모두 허비해버렸고 등사까지 해서 제본만을 가져다 맡기기 때문에 겪어야 하는 고생이었다.

그나마 나머지 시간을 쉬는 나는 괜찮았다. 하지만 낮에는 비누 행상을 다녀서 쌀값이라도 벌어야 하는 가네코의 신세는 옆에서 보는 내가 더 처량 맞을 정도였다.

언제나 씩씩한 가네코는 그러나 단 한 번도 내 앞에서 한숨을 쉬거나 신세한탄 따위를 해본 적이 없다.

'먹고살기 쉬운 것보다는 나아요.'

가네코는 언제나 그렇게 말했다.

'흐리멍덩해지지 않으니까.'

아직 대낮이고 나는 철필을 긁느라 정신이 없는데 가네코가 불쑥 들어섰다. 아직 돌아올 시간이 아니어서 나는 그녀가 아프거나 비누를 어디다가 통째로 강매라도 한 줄 알았다.

그런데 그녀는 비누 보따리를 그대로 들고 있었다. 그뿐 아니라 완전히 화가 난 얼굴이고 얇은 책자 하나를 꽉 움켜쥐고 있었다.

"무슨 일이라도 있었습니까?"

가네코는 놀라서 묻는 내 앞에 책자를 팽개쳤다. 나는 책자를 내려다보았다.

'자천(自擅)'이라고 쓰인 표지가 눈에 들어왔다.

"이 잡지가 뭡니까?"

"방금 자유인사(自由人社)에 갔다가 받은 거예요."

나는 잡지를 펼쳤다. 잡지의 발행인은 놀랍게도 김중한과 니야마 하쓰요였다.

"둘이 사귀는 거야 뭐라고 말 않겠지만 당신의 계획을 말하는 건 참을 수가 없어요."

"김중한이 니야마 씨에게 내 계획을 말했다고요?"

"하쓰요에게 상하이로 간다고 말했다네요. 당신이 폭탄을 구해달라고 해서 간다고 했더군요."

나는 가슴이 덜컥 내려앉았다.

"그리고 저렇게 잡지나 만들고 연애나 하는데 기대할 수 있겠어

요?"

"거기 사람들은 내 계획을 모르는 거겠지요?"

"아는 눈치였어요. 그러니까 이제 김중한을 통한 폭탄 조달은 잊어버려야 해요."

청천벽력이 따로 없었다. 이제 남은 날도 별로 없는데 믿고 있던 마지막 희망이 사라져버린 순간이었다.

나는 완전한 절망에 빠져버렸다.

가네코는 내가 실망하게 된 것에도 화가 나 있었지만 그보다 더 그녀의 마음을 긁은 것은 친구 하쓰요가 우리들의 일을 방해한 것이었다.

사실 나는 가네코에게 내 계획을 정확하게 말해준 적이 없었다. 자세히 알면 알수록 나중에 그녀에게 해가 될 만한 일이어서 대충 알아서 생각하도록 했다. 그러나 그녀는 이미 내가 무엇을 바라는지 내 계획에 대해서 모두 알고 지지해주었다.

작년에 내가 위험을 무릅쓰고 니가타에 갈 때 가네코는 말리고 싶어 했다. 확실하게 가지 않았으면 한다고 말하지는 않았지만 그녀의 태도로 보아서 충분히 느낄 수 있었다. 그래서 니가타에서 돌아온 다음에는 그녀의 마음이 다칠까 봐 조심스러웠다.

그녀도 역시 감정이 있는 인간이었고, 사랑하는 사람을 죽음으로 내모는 상황을 쉽게 받아들일 수 없는 게 당연할지도 모른다고 생

각했다.

그런데 니가타의 일로 어떤 변화가 있었는지 그녀는 그 후로 내가 위험한 일에 나서는 것을 말리지 않았다. 아니, 말리지 않는 정도가 아니라 아예 적극적으로 밀어주었다.

나는 가네코가 이제 완전히 나를 이해했다고 여겼다. 그래서 그녀의 눈치를 보는 게 아니라 그녀의 뒷일이 염려되어서 자세히 설명해주지 않았다. 언제고 일이 터진 다음에도 가네코는 '가네코'로나 없는 세상을 살아가야 하기 때문이다.

"괜찮습니다. 김중한 쪽은 포기하겠습니다."

그날 밤, 자리에 나란히 누웠을 때 내가 담담하게 말하자 가네코는 작은 목소리로 되물었다.

"포기하는 건가요?"

"아닙니다. 김중한을 포기하는 겁니다. 내 계획은 멈추지 않습니다."

"달리 방법이 있을까요?"

"찾아야지요."

가네코는 내 겨드랑이에 코를 밀어넣더니 혼잣말처럼 나직하게 중얼거렸다.

"흠, 뭐, 아직 몇 달 남았으니까."

5

비바람이 몰아쳤다. 숲속의 커다란 삼나무들이 무리를 지어서 쏴아아 쏴아 몸을 흔들어댔다. 우리 모두가 태풍이 지나가는 한복판에 놓인 것 같았다.

가즈오를 제외한 불령사의 모든 회원이 모여 앉아 있었고 밖에서 몰아치는 비바람에는 어느 누구도 시선을 주지 않았다.

나는 굳은 얼굴로 구석에 앉아 있는 가네코에게서 서로 손을 잡은 채 나란히 앉은 김중한과 하쓰요에게로 시선을 옮겨갔다.

"이제 와서 내게 어떤 할 말이 있다는 건가?"

내가 묻자 김중한이 잠시 뺨을 실룩이면서 나를 노려보더니 갑자기 화난 목소리로 크게 소리쳤다.

"자네는 나를 배신하고 아무 연락도 않더니 뒤에서 이상한 소리가 들리지 않나?"

"내가 자네와의 연락을 끊은 것과 오늘의 모임은 아무 연관이 없네. 오늘 모이라고 한 것은 과연 우리가 계속 동지로서 이 모임을 끌어갈 수 있겠는가 하는 부분을 의논하고자 함이네."

"이제 와서 무슨 말인가?"

김중한은 더욱 흥분했다.

"그 이유가 나라고 한다면 적어도 내게 변명할 기회는 주어야 할

것 아닌가?"

"그럴 필요 없네."

나는 차갑게 말했다.

"자네는 나와 니야마 씨 사이를 갈라놓으려고 다른 잡지에 참여할 것을 니야마 씨에게 권했다지?"

"그런 일 없네."

하쓰요가 나서면서 소리 질렀다.

"현사회(現社會)에 참여하라는 뜻으로 말하지 않았나요?"

장상중이 나서면서 정정했다.

"그건 내 뜻이었지 박열 동지의 뜻이 아니었소. 내 뜻이라고 분명히 전달한 것으로 아는데 어째서 갑자기 박열 동지의 뜻이라고 하는 것이오?"

그러자 김중한이 모욕을 느꼈는지 허리춤에서 느닷없이 단도를 뽑아들었다. 그러고는 모두가 엇 하는 사이에 다다미 바닥에 단도를 콱 꽂았다.

"무슨 짓인가?"

장상중이 몸을 일으켰다. 하쓰요가 김중한을 잡고 나머지 동지들이 놀라서 모두 김중한에게 진정하라고 일렀다.

나는 한바탕 소동이 일어난 뒤에 차분히 자초지종을 밝혔다. 어차피 이렇게 된 상황이면 모든 것을 확실히 밝히는 수밖에 없다고 생각했다.

"나는 자네가 대단히 중요한 일을 의뢰받고서도 니야마 씨와《자천》을 발행하고 또 히라이와와 함께 신의주를 거쳐 상하이로 간다는 둥 해서 그런 방법으로는 도저히 목적을 이루기 힘들다고 생각했고, 또 자네가 함부로 니야마 씨에게 내 계획을 말했으며 그 말이 주변을 돌아다녀서 비겁한 줄 알면서도 부득이 자네를 피할 수밖에 없었네. 이해하게."

김중한은 그제야 할 말이 없었던지 그냥 입을 다물고 말았다.

"오늘 우리 모임을 유지할 것인지 끝낼 것인지 결정해야 하는데 구리하라 동지가 참석하지 않았으니 다음으로 미루고 이만 헤어지는 게 좋겠네."

나는 말을 마치고 구석에 가만히 앉아 있는 가네코를 돌아보았다. 그녀는 한마디도 하지 않은 채 어떤 반응도 보이지 않고 가만히 앉아서 창밖의 몰아치는 비바람만 무표정하게 바라보았다.

거대한 삼나무를 흔드는 바람만을 바라보고 있었다.

한바탕 소동이 일어나고 동지들이 모두 돌아간 후 둘만 남게 되자 가네코가 물었다.

"당신, 언젠가 말했죠. 친구를 만나면 악수를 하지만 동지를 만나면 얼싸안게 된다고요."

나는 여전히 바람을 음미하듯 구경하고 앉은 그녀를 쳐다보았다.

"그냥 감상적인 말이었소. 그게 왜?"

"동지들을 사랑해서인가요?"

"다른 감정이오."

"어떤……?"

"항상 미안한 감정이오."

"뭐가 미안해요?"

"언젠가는 내가 그들에게 큰 피해를 입힐 수도 있소."

"반대일 수도 있는 거죠."

"마찬가지지요."

가네코는 그제야 고개를 돌려 나를 똑바로 바라보았다. 그러고는 나를 향해 다짐하듯 말했다.

"일이 터지면, 그게 어떤 일이든 혼자 당할 생각은 말아요."

나는 무슨 뜻인지 얼른 이해하지 못해서 그저 멀거니 그녀를 바라보았다.

"같이 죽어줄게요."

가네코는 너무나 담담하게, 그리고 침착하게 또박또박 말했다.

"대신 나 이외엔 누구한테도 실망하지 말아요."

8장 · 간토대지진

1

한낮의 햇살이 뜨거웠지만 집 밖으로 나오면 더위를 느낄 수 없었다. 목장에서 늦여름의 무더위를 식혀주는 바람이 불어왔다.

가네코와 나는 오랜만에 온 가즈오와 집 마당에 둘러앉아 마지막 남은 쌀을 탈탈 털어서 간장죽을 끓여 먹는 중이었다. 가즈오가 가져온 밑반찬 두어 가지를 곁들여서 맛있게 먹고 고급스럽게 말차까지 타 먹었다.

"김중한이 서울로 가버린 것과 우리가 활동하는 건 아무 상관도 없지 않은가요? 어째서 불령사가 와해되어야 하고 모두들 다른 길을 가고 있습니까?"

가즈오는 트림을 하고 뒤로 기대앉더니 그제야 우리 집에 온 목적을 말했다.

"나는 우리가 그까짓 일로 흔들려서는 안 된다고 생각합니다."

가즈오는 우리보다 나이가 세 살쯤 아래였지만 어른스럽기로는 우리 불령사 동지들 중에서 가장 어른스러웠다. 어떤 일을 당해도

자기뿐 아니라 주변 사람들까지도 진정하게 해주는 능력을 가졌다.

"선배도 조금 마음을 잡아주세요."

가즈오의 말은 틀리지 않았다. 다만 아직까지도 폭탄을 구하지 못한 나로서는 다른 어떤 활동도 마음이 가지 않았다.

"이 사람은 지금 오로지 한 방향으로만 신경이 곤두서 있어요."

가즈오는 가네코를 보았다가 다시 나를 돌아보았다.

"폭탄 투척 말입니까?"

"응."

나는 선선히 고개를 끄덕였다. 이미 누구나 아는 이야기가 되어 버렸으니 아니라고 할 것도 없다.

"그런 거라면 한시가 급한 건 아닙니다. 기회가 오고 조건이 무르익으면 됩니다. 우리는 그보다 더 중요한 게 바로 우리를 재정비하고 어서 대중 속으로 들어가는 것입니다."

"맞는 말이기는 하지만 난 너무 좋은 기회를 그냥 지나쳐버리는 게 괴롭네. 결속도 좋고 대중 속으로 들어가는 것도 좋지만 나는 그러한 것이 나를 이끌어간다고 느껴지지가 않네."

"그럼 선배는 꼭 혁명을 일으켜야 한다고 생각하십니까?"

"혁명 외에 이 사회를 뒤집을 길이 있나?"

"폭탄 투척이 혁명이 될 거라고 생각하십니까?"

"혁명은 아니어도 경종을 울리는 것은 될 테지. 우리가 이렇게 천황에게 저항하고 있다는 걸 온 세상이 알 게 아닌가?"

"선배의 목숨을 던진다고 해서 고귀한 일이 되지는 않습니다."

"누가 뭐라나. 내 목숨은 그냥 모든 무산계급의 목숨처럼 하찮은 걸세. 그러니까 조금이라도 의미 있는 일에 써야지."

가즈오는 내 대답이 답답했던지 가네코를 돌아보았다.

"가네코 씨도 그렇게 생각해요?"

가네코는 그릇을 챙겨 들다가 말고 가즈오와 나를 번갈아 보더니 피식 웃어버렸다.

"내 생각을 더하지 말아요."

바로 그때 갑자기 땅이 부르르 떨었다. 동시에 가네코가 들고 있던 그릇들이 와르르 떨어져버렸다. 지진이구나. 몇 번 겪어보아서 그다지 놀라지는 않았다. 우리 셋은 셋이 동시에 담벼락으로 가서 웅크리고 앉았다.

일본의 어디든 땅이 흔들리는 건 예사라서 당황하지도 않았고 허둥대지도 않았다.

"시끄럽다잖아요."

가네코가 장난처럼 눈을 흘겼다. 그런데 그다음 순간에 이번에는 땅이 너무 크게 흔들렸다. 집 안에서 우당탕 물건 떨어지는 소리가 들려왔다.

"앗, 이건 심하잖아!"

가즈오가 놀라서 담벼락으로부터 튀어나갔다. 나도 떨어지는 물건을 피해 가네코의 손을 잡아끌고 마당 한가운데로 나섰다.

그때 쿵쿵하는 소리가 멀리서부터 들려왔다.

"시내 방향인데?"

가즈오는 발꿈치를 들고 담장 너머를 바라보았다. 그러더니 비명을 질렀다.

"우앗! 대화재다!"

그 말에 나와 가네코도 벌떡 일어나서 시내 방향을 바라보았다. 멀리 시내 방향에서부터 불길이 일어나면서 시커먼 연기가 하늘을 덮기 시작했다. 이제 우리가 선 바닥도 다시 간격을 두고 점점 더 심하게 흔들리기 시작했다.

작은 지진은 떨리는 느낌이지만 큰 지진은 땅과 건물이 앞뒤나 좌우로 끄덕거리는 느낌이 온다.

"보통 지진이 아니야."

높은 건물이 힘없이 무너지는 게 보였다. 그리고 온통 시커먼 연기로 뒤덮여 도쿄 시내 방향은 이제 아무것도 보이지 않게 되었다.

반대편을 보아도 마찬가지였다. 시나가와와 요코하마 방면도 불길이 일어나는 게 보였다. 그리고 우리는 더 이상 서 있을 수가 없었다. 우리가 있는 곳마저 심하게 흔들리기 시작했다.

"목장의 소들이 놀랐어요."

아닌 게 아니라 말들이 이리저리 날뛰는 게 보였다. 저러다 울타리를 뚫고 나오는 게 아닌가 걱정될 지경이었다. 이렇게 흔들리다가 울타리라도 무너지면 정말 말들이 뛰쳐나오고 큰일이 일어날 것

같았다.

"여진이 심하게 계속되고 있어요."

가네코는 집으로 달려가려고 했다.

"어딜 들어가요?"

가즈오가 가로막았다.

"귀중한 잉크는 건져야죠."

"기본교육도 안 받았어요?"

나도 가네코도 사실 지진에 대한 교육 같은 건 받아본 적이 없다.

"건물에 있다가도 나오는 게 기본입니다. 나는 어려서부터 지진에 대한 교육을 많이 받아서 압니다. 들어가지 말고 잠시 기다려요."

와장창! 집 안에서 다시 물건들 깨지는 소리가 들려왔다.

"참아요. 여진이 모두 끝나면 움직입시다."

나는 목장 뒤의 숲을 가리켰다.

"저 숲으로 가면 안전하지 않을까?"

"저 숲으로 갔다가는 바위나 나무에 깔려서 죽을 수도 있습니다."

가즈오는 시내 방면을 바라보면서 중얼거렸다.

"문명의 붕괴를 보는 느낌입니다."

그 말에 나도 가네코도 덩달아 시커먼 연기에 휩싸인 시내를 바라보았다.

도쿄는 온통 검붉은 색이었다.

2

저녁 해가 지기 시작하고 어둠이 깔리는 시간이 되자 이제 지진은 어느 정도 가라앉은 것 같았다. 여진이 가끔 일어나기는 했지만 심하게 흔들리는 정도는 아니었다. 다행스럽게도 우리들의 보금자리는 멀쩡했다. 다만 집 안은 잡다한 물건들이 다 떨어져 내려서 뒤죽박죽으로 난장판이 되어 있었다.

나와 가네코는 짐을 정리하느라 바쁜데 가즈오는 시내에 정신을 팔았다. 그는 아무래도 나가봐야 하겠다면서 타고 온 자전거를 끌고 나갔다.

"나가는 김에 먹을 것 좀 가져와요."

"국수라도 사오죠."

그렇게 말하고 바쁘게 나갔던 가즈오가 정신없이 다시 자전거를 몰고 들어온 것은 나간 지 불과 한 시간 정도가 지나서였다.

귀중한 잉크가 쏟아진 바람에 낙담하면서 집 밖으로 꺼낸 원고 뭉치를 정리하던 우리는 가즈오가 너무 빨리 돌아와서 의아했다.

"난리가 터졌습니다."

난리가 난 건 우리도 아는 사실이다.

"여기서도 보이네."

"그게 아니라 이 미친 것들이……."

가즈오는 뛰어온 것처럼 가쁜 숨을 헐떡였다. 좀처럼 이런 호들갑스러운 모습을 보이지 않던 가즈오였다.

"대체 뭐가 그렇게……."

"조선인들이 마구 학살당하고 있어요!"

"뭐?"

나는 영문을 몰랐다. 갑자기 조선인이 왜 학살을 당한다는 말인가? 조선인이 지진을 일으킨 것도 아니고.

"도쿄, 요코하마, 시나가와, 하여간 그 밖에도 여러 곳이 전부 건물이 무너지고 불타고 난리가 아닙니다."

"조선인 이야기를 해봐!"

나는 답답해서 소리 질렀다. 가즈오는 그답지 않게 말이 이리저리 섞이고 있었다.

"사람들도 한둘 다친 게 아닙니다. 지진에 화재까지 일어나서 엄청 죽은 것 같아요."

"조선인 이야기를 해봐요. 구리하라 씨."

가네코가 물 한 잔을 건넸다. 아. 구리하라는 그제야 물을 받아서 벌컥벌컥 마시더니 숨을 몰아쉬고 나서 본론을 이야기했다.

"조선인들이 혼란을 틈 타 일본인들을 죽인다는 소문이 퍼져서 자경단이 만들어졌답니다."

"자경단?"

"경찰이나 헌병이 아니라 지역 주민들이 스스로 조직한 결사대라는 말입니다. 칼이나 몽둥이를 들고 조선인들을 찾아다니는데……."

"어떤 조선인들을요?"

가네코 역시 이해가 안 간다는 표정으로 물었다.

"어떤 조선인이 어디 있습니까? 그냥 무조건 죽이고 있습니다. 닥치는 대로 죽여요. 죽창으로 찌르고 몽둥이로 때리고 칼로 찌르고요."

나는 멍한 기분으로 가네코를 돌아보았다. 가네코가 자전거를 잡았다.

"내가 가봐야겠어요."

나는 가네코의 자전거를 막았다. 구리하라가 팔을 내저었다.

"나가면 안 돼요. 가네코 씨, 큰일 납니다."

"내가 왜 큰일이 나요?"

"지금 뭐가 어떻게 돌아가는지도 모르면서 무작정 어디로 가려고 합니까?"

"내 생각도 같습니다."

나는 가네코를 자전거에서 내리게 했다.

"진정하고 가즈오 이야기를 더 듣는 게 좋겠습니다."

가네코는 흥분한 듯 시내 방향을 바라보면서 무언가 중얼거렸다.

"일단 앉아요."

가즈오는 가네코를 마당에 눌러 앉혔다.

"지금 밖은 너무 위험합니다. 자경단 이외에는 아무도 돌아다니지 않습니다. 지나가는 사람을 붙잡고 말을 시켜요. 조선인들이 달아나다가 잡히면 일본인인 척합니다. 그러면 말을 시켜요."

가네코가 고개를 끄덕이며 중얼거렸다.

"15엔 50전."

"뭐라고?"

"쥬고엔 고쥬젠."

"그게 뭐지?"

나는 의미를 몰랐다.

"당신도 해보면 알아요. 나처럼 발음할 수 없어요. 조선인들은 이 발음을 우리 일본인처럼 하지 못하기 때문에 금방 알게 돼요."

가네코는 씁쓸한 표정이 되어서 말했다.

"당장 당신부터 연습해두어야겠네요."

"연습을 할 게 아니라 당분간 집 안에서 꼼짝도 않는 게 좋아요."

가즈오가 주변을 둘러보더니 나를 집 안으로 들어가라고 밀었다.

"선배는 2층에 올라가셔서 꼼짝도 하지 마세요."

"내가 왜 그래야 해?"

나는 화를 벌컥 내고 말았다.

"조선인은 지금 학살을 당하고 있다고 네가 말했지? 그리고 난

조선인이다!"

그래도 가즈오는 막무가내였다.

"개죽음을 당하고 싶으냐고요. 선배는 방금 전까지만 해도 목숨을 아주 중요한 일에 사용하고 싶다고 하지 않았어요?"

"내 목숨은 그렇게 비겁해야 할 만큼 특별하지 않다."

소리치는데 가네코가 내 팔을 잡았다.

"누구나 목숨은 특별해요."

그리고 내 눈을 들여다보면서 차갑게 말했다.

"아무리 하찮은 인생이라고 해도."

3

잠들 수 없는 밤이 왔다. 담벼락에 기대앉아서 멀거니 하늘을 올려다보았다. 달빛이 밝았다. 동그마니 떠올라 있는 달을 보면서 가네코가 언젠가 하던 말이 생각났다.

'참 쓸모없는 달.'

차갑고 냉정한 달. 저 아름다움은 우리에게 아무것도 주지 않는다. 우리에게는 오직 몸뚱어리 하나만이 우리의 것.

가네코가 집을 나오더니 내 옆에 와서 말없이 앉았다. 그러고는 내 어깨에 기대서 함께 달을 올려다보았다.

"또 달 쳐다봐요?"

"응. 쓸모없는 달."

그녀가 풋 웃었다.

"배고파서 달이라도 한입 덥석 베어 먹고 싶네요."

나는 그녀를 안아주었다. 아무리 슬픈 일이 있어도 배는 고프다. 아무리 고통스러운 일이 있어도 똥이 마렵다. 아무리 화가 나도 잠은 오기 마련이다. 아, 아니구나. 잠은 오지 않는 거구나.

"구리하라 씨는 뭐라도 구해온다더니 왜 아직도 돌아오지 않는 걸까요?"

"안전할 거야. 가즈오는 바보같이 행동하지 않으니까."

정말로 그러기를 바랐다. 먹을 걸 구해와야 해서가 아니라 내게는 둘도 없는 동지이고 후원자에다가 동생 같은 친구다.

자전거 소리가 났다.

"자기 찾는 줄 아네."

가네코는 일어나면서 대문 쪽을 돌아보았다. 정말로 가즈오가 자전거를 몰고 숨 가쁘게 들어왔다.

"아까하고 똑같은 모습이네."

가네코는 다른 때보다 밝은 태도를 보였다. 저녁 이후로 내내 그런 것 같다. 아마도 나를 진정시키려고 일부러 그러겠지 싶어서 안쓰러웠다. 원래 부당한 일을 보면 나보다 더 참지 못하는 그녀다. 아마도 지금 가슴속은 용암이 들끓고 있을 것이다.

"선배, 여기 이러고 있으면 안 돼요."

"뭐가?"

"지금 자경단 놈들이 조선인들의 집까지 뒤지고 있어요. 평소에 보아둔 조선인들 집에 들어가서 조선인들을 죽이고 있어요."

가즈오는 겁에 질린 모습이다. 그의 손에는 신문 조각이 들려 있었다. 가네코가 말없이 가즈오의 손에서 신문을 낚아챘다.

"요코하마에서 발행한 지방신문입니다. 도쿄는 지금 신문을 발행할 수 없으니까."

나는 가네코와 붙어 서서 집에서 새어나오는 불빛으로 신문의 기사를 읽었다.

- 조선인들 약탈과 방화로 도쿄는 불바다

- 조선인들 닥치는 대로 강간하고 살해하는 광기를 부리는 중

- 조선인 폭도들 점점 더 불어나

- 조선인 폭도들 조직을 갖추고 총기 탈취해서 무장한 채 시나가와 방면으로 진출

- 경찰대는 시나가와역에 방어선 구축

어이가 없었다.

"이게 사실인가?"

가즈오에게 물었는데 가네코가 쏘아붙였다.

"그럴 리가 없잖아요? 도쿄의 조선인들이 무슨 재주로 조직을 만들어요?"

"이러고 있으면 안 된다니까요?"

가즈오는 주변을 불안한 듯 두리번거렸다.

"여기 안 있으면 어디로 가요?"

"어디든 지금은 가고 봐야죠. 곧 몰려올지 몰라요. 선배는 요주의 인물이잖아요?"

나는 무심결에 하늘을 올려다보았다. 어디로 간다는 말인가.

"일단 들어가세."

나는 오히려 집 안으로 들어갔다.

"먹을 걸 가져오랬더니 종이쪼가리를 가지고 왔군."

집 안에 들어와서 둘러앉자 가즈오가 품속에서 찌그러진 주먹밥 몇 개를 꺼냈다.

"목숨 걸고 구해왔습니다. 돈도 필요 없더군요. 훔치는 수밖에 없었습니다."

가네코는 주먹밥을 집어들더니 맛있게 먹기 시작하면서 나를 쳐다보았다. 나도 주먹밥을 집어들었다.

그때 대문이 부서져라 열리는 소리가 들렸다.

"뭐지?"

가네코가 밖을 보더니 놀라서 말했다.

"헌병이에요."

"헌병?"

나는 밖을 내다보았다.

"적어도 죽창에 찔려 죽지는 않겠군."

"그거 아니거든요?"

가즈오가 질색했다.

"헌병들이 조선인을 잡아서는 모른 체하고 자경단에 넘겨서 죽은 조선인을 내가 두 눈으로 똑바로 보았습니다."

쿵쿵! 헌병이 문을 두드렸다.

"혼자인가?"

"아닌 것 같아요."

금방 헌병의 숫자가 다섯으로 늘어났다. 그러더니 하사관으로 보이는 헌병이 우리가 있는 2층을 향해 소리쳤다.

"안에 있는 거 안다. 어서 나와라!"

가즈오가 소리 죽여서 말했다.

"선배는 뒤에 난 창을 통해서 지붕으로 올라가요. 나하고 가네코 씨는 순순히 나가면서 시간을 좀 끌 테니까."

나는 가즈오의 말을 듣고도 아무런 반응도 보이지 않았다. 내 속은 이상하게 차분해지고 있었다. 화가 나지도 않았고 겁이 나지도 않았다.

자경단이 아니라 헌병들만 온 건 무슨 이유일까?

"지붕에는 네가 올라가라."

"왜 내가……?"

"후세 변호사를 찾아가라."

"잡히는 게 아니라 죽는 거라니까요?"

"살 수도 있으니까 그렇게 해라."

나는 쿵쿵 소리를 내며 계단을 내려갔다.

"선배!"

가즈오가 뒤에서 소리쳤다.

"누구냐?"

나는 현관문을 열고 나가면서 소리쳤다.

"무슨 일이냐?"

4

새벽안개가 자욱한 거리를 헌병 트럭의 짐칸에 실린 채 달렸다. 나와 가네코는 트럭의 안쪽에 몸을 붙이고 앉아 있었고 바깥쪽으로는 헌병들이 앉아 있었다.

안개 속에 시커먼 사람 그림자들이 이리저리 몰려다니는 게 보였고 가끔씩은 후다닥거리면서 달려가고 달려오기도 했다.

가끔 횃불도 보였다. 횃불을 든 자들은 안개 때문에 유령들 같았

다. 횃불에 비쳐 안개를 뚫고 번쩍이는 칼날이 보이고 뾰족한 죽창의 끝이 보였다.

불빛들이 많아지면서 트럭은 시부야를 거쳐서 세타가야 방면으로 달리고 있다는 걸 알았다. 거리에 불이 환하게 켜져 있고 살기등등한 자경단들의 모습이 점점 더 불어났다.

세타가야 경찰서에 도착해 트럭에서 내리던 가네코가 두 손으로 입을 막았다. 따라서 내리던 나는 그녀가 무엇을 보고 놀라는지 금방 알게 되었다.

경찰서 마당에는 피투성이의 조선인 시신들이 즐비했다. 시신들은 남녀가 따로 없었다. 그냥 되는 대로 엎어져 있기도 하고 똑바로 널브러져 있기도 했다. 무슨 험한 일을 당했는지 여성의 옷이 모두 벗겨져 있는 것도 보았다. 여자의 등에 커다란 칼에 베인 듯한 상처가 시뻘겋게 입을 벌리고 있었다.

나는 가네코의 눈을 가려주려고 했는데 가네코가 확 뿌리쳐버렸다. 나를 무심결에 쳐다보는데 시퍼런 안광이 서렸다. 그 눈빛이 너무 무서워서 나는 움찔했다. 뭔가 말리기라도 하면 나도 죽일 듯한 무서운 눈빛이었다.

그녀는 수많은 죽음 앞에, 처참한 광경 앞에 주눅이 들거나 두려워하는 것이 아니라 오히려 무시무시한 기세를 뿜어내고 있었다.

그녀는 그만큼 분노하고 있었다.

헌병에게 끌려서 경찰서 안으로 들어가자 순사 하나가 쳐다보며 물었다.

"조선인들이오?"

"사내놈은."

"밖에 두면 자경단이 알아서 할 건데 왜 데리고 들어오는 거요?"

"난 스즈키 가메오라고 하는데 이시하라 특고의 부탁으로 체포해 온 용의자들이오."

그제야 순사가 놀라서 우리 둘을 한쪽에 앉게 하더니 어딘가로 전화를 걸었다.

가네코와 나는 말없이 창밖을 바라보고 있었다.

그때 길 건너에서 불길이 확 솟아올랐다. 뭔가 해서 쳐다보는데 두 손이 나무에 매달린 한 사람이 발버둥을 치는 게 눈에 들어왔다. 나무에 사람을 매달아놓고 기름불을 붙인 것이다.

설명할 수도 없고 이해할 수도 없는 광란이었다. 인간의 밑바닥에는 저런 광기가 있다. 짐승들에게는 없는 잔인함이 존재한다.

그게 인간이다.

순사가 달려 나가면서 소리쳤다.

"그런 짓들 하지 말라는 말이다. 좀 조용히 해치워!"

나는 가네코의 손을 꽉 잡았다. 가네코의 손이 가늘게 떨리는 걸 느꼈다. 웬만해서는 이렇게 심하게 반응하지 않을 그녀였지만 너무

심한 충격이었는지 전신을 떠는 것 같았다.

그녀가 이를 악물고 있는 걸 보았다. 내 손바닥까지 그녀의 손톱이 파고들었다. 분노해서 뭐라고 말하는데 말이 되어 나오지 않았다. 그저 새파랗게 질린 입술이 달싹거릴 뿐이었다.

나 역시 어금니가 아파왔다.

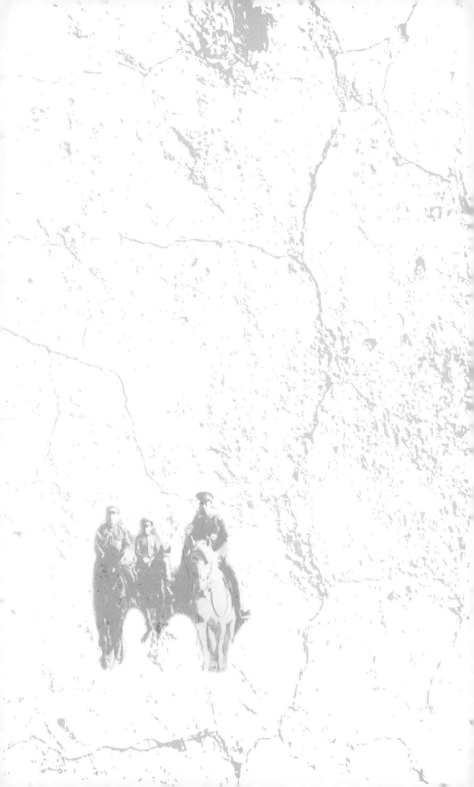

3부

●

나를 죽여라

나의 혼이여, 불멸하기를 간절히 바라노라

감옥에 갇혀 있는 이 몸에서

육체라는 구속을 벗어버린 내 영혼이

원수에게 복수하는 모습을 상상하네

9장 · 학살에 대한 변명

1

도쿄 시내는 아비규환의 막바지로 치닫고 있었다. 무너진 집채와 화재로 완전히 불타버린 집들 앞에 웅크리고 앉은 부녀자와 아이들의 모습이 처량하기 짝이 없었다. 지진이 일어난 지 사흘째가 되어도 사태는 진정되지 않았다. 너무 엄청난 피해로 복구는 엄두도 낼 수 없었다.

그러나 나를 경악하게 한 것은 지진 자체보다도 지진을 이용하는 정부당국의 행태였다. 갑자기 신문마다 기사에서 조선인들이 폭동을 일으켰다고 하더니, 자경단이라는 단체가 생겨나서 도시 전체를 학살장으로 만들어버렸다.

나는 정치적인 음모라고 생각했다. 조선인들이 폭동을 일으켰다니, 완전히 날조된 가짜 기사였다.

자유법조단의 동료들과 함께 사방으로 그런 엉터리 기사가 나온 진원을 알려고 신문사와 경찰서, 헌병대 등을 쫓아다녔지만 그들은 진원을 밝히지도 않은 채 계엄령을 선포해버렸다.

나는 도쿄의 조선인들을 얼마든지 안다. 아마도 나보다 더 많은 조선인을 아는 사람도 없을 것이다.

조선인들은 유학생이든 노동자든 근근이 먹고사는 힘든 생활을 하고 있다. 그들은 작은 단위의 유학생회라든가 동우회를 만들었을지 몰라도 집단적으로 폭력을 휘두를 만한 조직도 개인도 없다.

내가 알기로 가장 문제가 많다고 하는 사회주의동맹이나 아나키스트들도 결국 조선인은 극소수이고 대부분이 일본인 학생이나 청년들이다.

도대체 누가 집단으로 몰려다니면서 폭력을 휘두르고 있다는 말인가? 무기를 가졌다는 조선인들이 몽둥이나 죽창으로 형편없이 무장한 자경단에게 잡혀서 학살을 당하는 건 또 어떻게 설명할 것인가.

하루 종일 쫓아다니다가 허탈해져서 사무실로 돌아왔는데 전기가 공급되지 않아서 일도 할 수 없는 상태가 되었다.

그리고 바로 그때 구리하라의 전화를 받았다.

박열과 가네코가 헌병들에게 끌려갔는데 혼자 피했기 때문에 어느 경찰서인지는 모른다고 했다. 지붕에 숨어서 보니 집 안의 원고나 책들까지도 모두 가져갔다고 했다.

나는 박열과 가네코가 죽었으면 어쩌나 하는 조바심을 안고 경찰서마다 뒤지고 다녔다. 집에서 가까운 파출소와 경찰서를 뒤졌지만 가까운 곳에는 잡혀 온 흔적이 없었다. 헌병이 잡아갔다고 한다면

자경단에게 내어주어서 죽게 하지는 않았을 거라는 생각은 들었다. 책까지 챙겨 갔다면 뭔가 이유가 있다.

마침내 세타가야 경찰서의 유치장 하나에서 박열과 가네코를 발견했다. 다른 유치장들에도 제법 많은 사람들이 잡혀 와 있었지만 난리 통에 절도나 강도를 저지른 잡범들이 아닌가 싶었다.

박열도 가네코도 그다지 흉한 꼴은 아니었다. 다만 둘 다 무언가에 몹시 충격을 받은 듯한 모습이었다. 그 무언가에 대해서는 생각할 필요도 없이 지금 일어나는 학살극 때문일 것이다.

여기까지 오는 길에도 수많은 조선인들의 시신을 보았으니 박열과 가네코도 보았을 것이다.

나는 형식을 지키기 위해서 먼저 박열과 가네코에게 구두로 변호의 의뢰를 확인하고 파출소 순사에게 무슨 명목으로 잡아 왔는지 따져 물었다.

순사는 내막을 전혀 몰랐다.

"그냥 보호검속이라고 들었소."

"보호검속? 누구로부터 말이오?"

"저기 저 자경단에게……."

"이 사람들만? 특별히?"

내가 따지고 들자 대답이 궁색해진 순사는 대답을 회피했다.

"곧 이노우에 특고가 오니까 물어보시오."

"그럼 저기 밖에서 벌어지는 저 학살도 이노우에에게 물어보아야 하나?"

나는 창밖을 가리켰다.

"저렇게 무법천지로 사람을 죽이는데 경찰이라는 작자들이 구경하는 이유가 바로 이노우에 특고의 명령 때문인가?"

순사들은 대꾸 대신 나를 증오하는 시선으로 바라보았다. 가련한 것들. 인간성을 상실한 허깨비들. 만일 내가 일본인이라고 하더라도 법조계 인물이 아니었다면 마음대로 무시했을 것이다.

"이노우에 특고에게 연락해주시오."

"지금 불온한 자들을 체포하러 나가서 연락할 수 없소."

나는 밖의 분위기를 살피면서 다른 어떤 조처보다도 지금 당장은 박열과 가네코 곁을 지켜야 한다고 생각했다. 어떤 일이 일어날지 모르는 통제 불능의 상황이다.

"그럼 여기서 기다리겠소."

나는 순사 하나에게 다시 따져 물었다.

"그런데 보호검속이라면서 죄도 없는 내 의뢰인들에게 수갑을 채웠지 않소?"

"죄가 있는지 없는지 어찌 알겠소?"

"그럼 나도 죄가 있는지 없는지 모르니까 수갑을 채우시구려."

순사들이 나를 노려보다가 결국 하나가 일어나서 유치장으로 가더니 박열과 가네코에게 채운 수갑을 풀어주었다.

나는 그제야 태연히 창살에 기대앉아서 박열과 가네코를 향해 말했다.

“나 통하지 않고는 한마디도 하지 마라.”

아침이 되어서 나를 만나자고 유치장 앞으로 찾아온 사람은 이노우에 특고보다 높은 경부였다.

“야마다 경부입니다. 잠시 대화 좀 합시다.”

“내 의뢰인들의 안전을 위해 여기서 대화하고 싶소.”

야마다 경부는 흘끗 유치장 안을 보더니 내게 소리 죽여 말했다.

“이보시오, 변호사 양반. 오늘부로 자경단은 해체될 것이오. 그러니 나와 내 사무실로 갑시다.”

나는 미덥지 않아서 경고했다.

“내가 자리를 뜬 사이에 내 의뢰인들에게 문제가 생기면 가만히 있지 않겠소.”

“아무 일도 없을 거요. 내 부하가 담당이니까.”

아마도 이노우에를 말하는 것 같았다.

야마다 경부는 사무실에 들어서자마자 내 앞에 명단 하나를 내밀었다.

“이게 무슨 명단이오?”

“연루자 명단이오.”

내가 아는 이름들이 줄줄이 끼어 있는 명단이었다. 그런데 연루자라니?

"지금 속속 체포되는 중이오."

"무슨 사건에 연루된 자라고 말하는 겁니까?"

"아직은 예비검속이지만 곧 수사가 시작되면 이 작자들이 모두 반역죄인들이라는 걸 알게 될 것이오."

반역죄! 나는 갑자기 망치로 뒤통수라도 맞은 듯한 느낌이었다. 이놈들이 지금 무슨 수작을 부리는 것인가. 반역죄라니.

"무슨 근거로 그렇게 말하시오?"

"근거가 하나둘이 아니니까 전부 검거될 때까지 좀 기다려보시오."

"내 의뢰인들을 이렇게 가두어둘 법적 근거가 어디 있소?"

"계엄령이 떨어져서 주거부정한 자들은 모두 구류에 처하도록 되어 있는 걸 모르시오?"

"주거부정이라니? 엄연히 집에서 체포하지 않았소?"

"가보셨소?"

"뭐요?"

"가보시고 말씀하시구려."

나는 심각한 함정에 빠져들었다는 걸 깨달았다. 그러니까 이건 정치적으로 이용될 사건이구나. 오래 잡아두고 무언가 꾸밀 작정이구나. 최고 29일간 잡아놓을 수 있다. 그 사이에 무언가 만들어낼

작정이다.

나는 마음이 급해져서 일어났다.

"내 의뢰인들과 상의해보겠소. 그리고 주거부정이 아닌 건 확실하니까 나중에 봅시다."

야마다 경부는 피식 웃었다.

"가보시라니까."

2

박열과 가네코가 살던 집은 말끔히 치워져 있고 엉뚱한 사람이 들어와 있었다. 집주인에게 위증죄를 들먹이면서 공갈협박을 해보았지만 애국심으로 똘똘 뭉친 척하는 데는 방법이 없었다.

야마다 경부의 말대로 자경단은 이제 해체 수순을 밟고 있었다. 계엄령을 선포하고 엉뚱한 데 화풀이를 하게 해주었으니 지나쳐서 역효과가 나기 전에 수습하기 시작한 것이다.

'이제부터 활동하는 자경단은 검거하겠다.'

이렇게 발표하더니 곧 다시 말을 바꾸었다.

'자경단은 피치 못해서 만들어진 것이지만 불법이므로 허용하지 않겠다.'

어린애들 다루듯이 하는데도 민중들이 그걸 믿는다는 데에 놀랄

수밖에 없었다.

나는 박열과 가네코에게 단단히 일러두려고 두 사람이 이첩되어 간 요쓰야 경찰서로 찾아갔다. 요쓰야 경찰서에서부터는 박열과 가네코가 떨어져 지내서 나는 두 사람을 교대로 만나야 했다.

박열부터 만났다.

"잘 듣게. 이제부터 무슨 말이든 하지 말고 버텨야 하네. 저들은 지금 아주 더러운 흉계를 꾸미고 있어. 내가 달라붙어 있어야 하겠지만 지금은 조선인 학살을 조사하러 다녀야만 해. 아주 비협조적이고 날조로 일관하는데 이러면 기록조차 할 수가 없어."

"내 걱정 마시고 학살사건이나 확실히 조사하십시오."

"이미 죽은 사람은 죽은 사람이고 산 사람은 살아야지."

"죽은 사람이 더 중요합니다. 모르시겠습니까?"

박열의 분노는 아직도 사그라들지 않고 있었다. 이래서는 일을 그르칠 수가 있다.

"화를 내면 지는 거야. 자네야말로 모르겠나?"

서로 노려보면서 다음 말을 잇지 못했다.

가네코는 박열보다 침착했다.

"서로 말이 맞지 않으면 곤란해지니까 자네가 말을 하지 않는 게 좋을 듯하네. 왜냐하면 박열 군은 자네도 알다시피 입을 다무는 게

아니라 싸울 태세니까 말이야."

가네코는 쿡쿡 웃었다.

"걱정하지 말아요. 그 사람은 바보같이 굴어도 진짜 바보는 아니니까요."

"이런 곳에 빠져들면 죄다 당하는데 그게 바보라서가 아니야."

"이해해요. 너무 걱정 마세요. 그보다 바깥은 어때요?"

"나아지고 있어. 뭐 더 나빠질 게 없기도 하지만."

"고마워요. 변호사님을 조선인들은 정말 좋은 친구로 알고 있어요."

"난 조선인의 친구가 아니라 대만인들과도 친구고 에타 사람들하고도 친구야."

"알아요."

가네코는 밝게 웃었다.

"겁내지 마세요. 변호사님이 더 겁을 먹은 것 같아 보여요. 갇힌 건 우리들인데."

"그래, 내가 침착해져야지."

나는 손수건으로 이마를 문질렀다.

"요 며칠은 정말이지 내가 죽기도 전에 지옥을 미리 구경하는 것 같아서 말이야."

보름이 정신없이 지나갔다. 그 사이에 소위 연루자라고 하는 불

령사 회원들이 빠짐없이 검거되었다. 그리고 각자가 따로 갇혀서 심문을 받기 시작했다. 나는 자유법조단 동료들과 일인당 서넛씩 맡아서 초기부터 방어하려고 조를 짰다. 그러나 경찰서에서의 취조는 방어하기가 여간 어려운 게 아니었다.

일찌감치 변호사가 들러붙었다고 해도 특고들은 교묘한 방법으로 가혹행위를 자행했다. 조선에서처럼 대놓고 고문을 하기는 어려우니까-조선에서는 기절초풍할 만큼 끔찍한 고문이 예사로 자행되었다-하루 종일 물을 주지 않는다든가 대소변을 참게 하는 따위의 야비한 수법을 사용했다. 굶기는 건 예사였다.

폭행도 지능적으로 한다. 대놓고 상처가 보이면 나중에 변호사가 가혹행위를 했다고 해서 자백의 신빙성을 따지고 드니까 두꺼운 담요나 책을 대놓고 때려서 골병이 들게 만든다. 의외로 사람의 몸은 겉으로 표시나지 않게 매를 맞을 곳이 많다.

그렇게 고문을 해도 역시 가장 사람을 무너뜨리는 건 잠을 재우지 않는 고문이다. 자기들은 교대를 하면서 의뢰인 하나를 무려 3일이나 4일씩 들러붙어서 심문을 하게 되면 거의 미치지 않을 사람이 없다.

그래놓고는 하루 종일 해가 드는 독방에 하루를 넣었다가 빛이라고는 단 한 점도 들어오지 않는 독방에 하루를 넣는다. 그렇게 열흘 정도만 반복하면 겉으로는 멀쩡해 보이지만 이미 반은 죽어 있다.

이런 경우에 변호인으로서는 어찌해볼 도리가 없다. 그렇게 해서

이성이 무너진 의뢰인은 변호사하고 의논했던 내용은 깡그리 잊어버리고 특고들이 원하는 말을 비위라도 맞추듯 술술 늘어놓게 되는 법이다.

그런데 내게 있어서 정말 훌륭한 의뢰인은 박열이었다. 검사가 처음 예비조사를 시작했을 때 조서를 단 한 장도 채우지 못할 정도로 말해준 게 없었다.

"난 굶는 데도 자신 있고 맞는 데도 자신 있으니까. 자는 거야 졸리면 서서라도 잘 수 있으니까."

나는 그래서 박열에 대해서만은 안심할 수 있었다. 가네코 역시 박열에 뒤지지 않을 만큼 강했다. 여자이기 때문에 더욱 견디기 힘들었을 텐데도 꿋꿋하게 입을 닫고 버텼다.

그러나 시간은 모든 것을 망가뜨린다는 말도 있듯이 다른 연루자들의 조서가 모든 것을 망가뜨리기 시작했다.

가장 먼저 걸려든 것은 니야마 하쓰요였다.

3

10월에 들어선 어느 날, 니야마는 검사에게 폭탄에 대해서 이야기했다.

"8월 10일에 있던 흑우회 모임에서 박열이 의뢰한 상하이행 이

야기를 김중한한테 들었습니다만, 그 내용은 어제 야마다 경부에게 말씀드린 바와 같습니다. 그다음 날 불령사 모임에서 김중한과 박열이 다투었다는 것에 대해서도 야마다 경부에게 이야기한 그대로입니다."

"폭탄을 사용할 시기에 대해서도 의견을 나눈 적이 있는가?"

"의견을 나눈 것이 아니라 일방적으로 박열이 '가을이 혁명에 최적의 시기'라고 했습니다."

"날짜는 지정하지 않았던가?"

"날짜는 아직 잡히지 않은 일이었지만 황태자의 결혼식이라는 걸 누구나 직감할 수 있었습니다."

"좀 더 정확하게 진술할 수는 없는가? 그래야 니야마 군은 공범이 아니라고 할 수 있다."

"앞에서 진술한 바와 같이 박열에게서 금년 가을이 혁명의 최적기라는 말을 들었을 때 나는 그때가 바로 경사스러운 날을 뜻한다는 것을 직감했습니다. 그리고 박열이 원하는 폭탄을 구하려고 김중한이 상하이로 가려고 하는 것을 알았습니다."

"박열이 김중한 외에 다른 경로로 폭탄을 구한다는 말을 들은 적이 있는가?"

"의열단에서 온 암호편지를 받은 적이 있다고 들었습니다."

"내용을 알고 있는가?"

"분홍색 봉투였는데 내용을 보지는 못했습니다. 저는 조선어를

모르고 또 숫자와 알파벳이 섞인 암호로 되어 있었습니다."

니야마의 진술은 박열과 가네코가 반역죄 음모를 꾸미고 있었다는 직접적인 증거가 되어버렸다. 대역죄를 조작하는 데에 결정적인 도움을 주고 만 것이다.

게다가 편지 이야기가 나오면서 이제 불똥은 김한에게로까지 튀어버렸다. 그리고 김한이 연결되면 결국 이소암이라는 여자까지 끌려 들어오게 되어 있었다.

어째서 니야마가 그렇게 동지들을 나락으로 떨어뜨렸는지 알 수 없는 일이었다.

그런데 더욱 일을 그르치게 된 것은, 가네코는 가네코대로 니야마가 실토할까 두려워서 폭탄에 관한 이야기를 자신이 아는 것처럼 진술해버렸다.

가네코는 검사가 니야마를 집중적으로 추궁하면 틀림없이 박열에 대해서 입을 열 것이므로 검사의 초점을 자신에게 집중시켜서 니야마로 향하는 화살을 피해보려고 했다.

그래서 이제까지와 달리 적극적으로 진술하기 시작했다.

"니야마 하쓰요는 내가 말해준 것을 알 뿐입니다. 그리고 우리들의 계획에 참견하지 않았습니다. 폭탄에 관한 것이라면 내가 가장 잘 압니다. 우리 부부 외에는 폭탄에 대해서 그게 어디에 사용될 것인지 언제 사용될 것인지 아는 사람이 없었습니다."

가네코는 그렇게 말해버렸다.

"니야마나 다른 동지들이나 안다고 말하는 건 아마도 지레짐작으로 하는 말일 겁니다. 나와 박열 외에는 알 리가 없습니다."

동지들을 살리려고 하는 말이었다. 그렇지만 이미 아무 소용이 없었고 니야마의 진술로 인해서 결국 조선에서 김한이 체포되고 이소암까지 체포되었다.

사람은 함께 궁지에 몰리면 그 사람의 진가를 알게 된다. 구리하라는 전혀 모르는 일이고 관여한 바도 없고 들은 바도 없다고 꿋꿋하게 버텼다.

"말이 되나? 너는 박열과 가네코 후미코가 사는 집에 며칠씩 얹혀서 살고는 했는데 다른 사람은 다 아는 폭탄에 대해서 너만 몰랐다고 우길 작정이냐?"

"정말 몰랐습니다. 내가 생각해도 어째서 나는 몰랐을까 싶을 정도입니다."

"박열에게 자금도 대어주고 항상 의논도 같이 하던 사이가 아니야? 누구보다 가깝지?"

"가깝지만 자금은 잡지를 내기 위한 것이었고 나는 잡지를 만드는 외에는 관심이 없었습니다."

"박열에게 단 한 번도 폭탄 투척 이야기를 들은 바가 없나?"

"박열은 우스꽝스러운 면이 있는 선배였습니다. 툭하면 온 우주

를 위해서 인간을 모조리 멸종시켜버려야 한다고 했습니다. 그런 이야기들 사이에 천황도 마찬가지라고 했지만 사실 인간을 모조리 멸종시킨다거나 천황을 죽이는 일은 가능하지 않은 일이지요."

구리하라의 진술은 우리에게 유리했다. 반대로 최영환은 스님답지 못하게 검사국이 원하는 말을 마치 외워서 말하듯 해버렸다.

"김중한은 박열이 분명히 폭탄을 황태자 전하 혼례식에서 사용할 거라고 말하기는 했습니다만, 직접 황태자 전하를 향해 던질 것이라고는 명확하게 말하지 않았습니다. 그러나 나를 비롯하여 그 얘기를 함께 들었던 사람들은 전후 사정을 추측하건대 혼례식장에서 폭탄을 사용한다는 것은 결국 황태자 전하를 목표로 하는 것이라고 직감하고선 깜짝 놀랐습니다. 당시 김중한의 태도를 보아도 미루어 짐작할 수 있는데, 그는 다른 이야기를 할 때면 보통 때에는 언제나 다소 흥분해서 말하는 편이지만 황태자 전하의 혼례식 대목에 이르러서는 특별히 목소리를 낮추고 폭탄 투척 건을 이야기했습니다. 그런 것을 보아도 필시 그도 폭탄을 황태자 전하께 사용할 생각을 하고 있었던 것으로 사료됩니다."

나는 박열의 주변 인물들이 의열단이나 박살단처럼 폭력적인 활동을 할 만한 인물들이 아님을 절실하게 느꼈다. 하나같이 정치적

인 인물들을 상대하기에 영민하지 못했고, 특히 권력이 가지고 있는 무소불위의 힘을 전혀 인지하지 못했다.

그러나 나는 그런 여러 가지 정황으로 보아서 더욱 반역죄가 아니라고 항변했다. 왜냐하면 어느 부분을 보아도 명확하게 실행할 준비가 되어 있지 않았던 것이다.

나는 그 부분을 파고들어서 흑우회나 불령사는 폭력집단이 아니다, 성격이 전혀 다르다고 주장했다. 특히 폭탄을 올바로 구할 방도를 세우지 못했고 범행을 위해서 당연히 세워야 할 계획이 전혀 자세하지가 않고 연습도 없었으며 가을이 다 되었는데도 폭탄은커녕 권총 한 자루도 구하지 못했다는 점을 강조했다.

이제는 정말 길고 긴 법정 싸움이 시작될 참이었다.

그런데 입을 굳게 다물던 박열이 갑자기 태도를 바꿔버렸다.

"모든 일은 내가 꾸몄다. 중대한 일이니만큼 어느 누구도 관여하게 하지 않았다. 다들 자기들 추측대로 이야기하고 있지만 사실 나는 나 혼자 모든 걸 꾸몄다."

"폭탄을 투척할 계획을 혼자 짰는가?"

"당연히 혼자 짰다. 그런 일에 대해서라면 누구보다 당신들이 더 잘 알지 않는가?"

"언제부터 계획했는가?"

"1922년부터다. 너희들이 니가타에서 우리 동포들을 학살했을 때부터 나는 너희 천황에게 복수하고자 마음먹었다."

"만일 지진이 일어나지 않았다면 성공했으리라 장담하는가?"

"다가오지 않은 일을 장담할 수는 없는 거지만 만일 기회가 주어졌다면 나는 통렬히 너희들에게 복수했을 것이다."

"그 말은 천황 폐하를 두고 하는 말인가 아니면 황태자 전하를 두고 하는 말인가?"

"당연히 천황이다. 어리고 나약한 아이를 굳이 죽일 마음은 없었다."

박열은 이제 일이 이렇게 된 이상 동지들을 전부 풀려나게 하고 자기가 다 뒤집어쓰기를 바랐다. 아닌 게 아니라 그렇게 되자 검사국은 박열과 가네코에게만 신문를 집중하게 되었다.

일이 어렵게 돌아갔지만 나는 재판이 시작되기 전에 어떻게 해서든 박열과 가네코가 서로 입을 맞추기를 바랐다. 그런데 재판이 다가올수록 박열은 점점 더 강경한 태도를 보이기 시작했다.

"나는 천황을 응징하려고 했다."

박열의 태도는 나를 어이없게 했다. 그야말로 검사국이 바라는 대로 따라가주는 꼴이 아닌가.

10장 · 반역자

1

권력은 신문을 이용해서 민중을 움직인다. 10월 20일자로 가장 먼저 포문을 연 것이 오사카에서 발행되는《아사히신문》이었다. 제목도 거창했다.

대지진 중의 혼란을 틈타서 제도에서 대관 암살을 기도한 불령선인 비밀결사 대검거!

그리고 내용은 아예 반역을 기정사실화하고 있었다.

금년 가을에 거행될 황태자 전하의 혼례식 때에 고관대작들이 모이는 것을 기회로 폭탄을 투척하여 암살한다는 대음모를 기도하고 동지들과 함께 준비에 분주하던 일당이, 대지진이 발발하자 제국의 도시 도쿄가 혼란에 빠진 틈을 타, 대사를 결행하려고 한 사실이 발각되기에 이르렀다.

나는 권력을 쥔 자들이 드디어 조선인 학살사건을 정당화하는 여론전에 돌입한 것을 직감했다. 이대로 가면 정말 박열과 가네코는 죽는다.

반역은 사형이다. 만일 반역으로 판결이 나면 자동으로 사형 언도가 따라붙는다. 반역으로 몰려서 먼저 세상을 떠난 고토쿠 슈스이 선생이 생각났다.

나는 박열과 가네코의 태도를 바꾸도록 설득해야만 했다.

날이 부쩍 추워졌다. 유치장도 냉랭한 한기가 돌아서 간수들 자리에는 난로가 피워졌다. 가네코는 접견실에 들어와서 애처롭게 나를 바라보았다.

"박열을 만난 지 오래되었어요. 복도에서라도 마주치지 못하게 하는 것 같아요."

"이제 곧 이치가야 형무소로 이감되어 가네. 본격적으로 재판 준비가 시작되는 것이지. 그렇게 되면 함께 재판정에 서니 만날 수 있을 걸세."

"알아요. 야마다 경부한테 전해 들었어요."

"그 사람……."

나는 방금 전 야마다 경부를 만났다. 검사와 예비심문을 받는 사이에도 경시청에서 검사국까지 부지런을 떨고 돌아다니는 출세지

향적인 인물이다.

"미워할 것도 없지요. 그 사람은 그 사람 일을 하고 나는 내 일을 해요."

나는 잠시 망설이다가 어차피 알아야 대처할 수 있기에 눈치를 보며 말했다.

"니야마 군이 죽었네."

아. 가네코는 가볍게 신음을 내뱉더니 눈물을 보이지 않으려는 듯 천장을 잠시 바라보았다. 나는 잠자코 그녀가 마음을 추스르도록 기다렸다. 박열에게 불리한 증언을 해서 미워할 만도 하지만 가네코는 그렇지 않았다. 그녀는 줄곧 니야마를 걱정했다.

"결국 이겨내지 못했군요. 그래서 어서 풀려나기를 바랐는데……."

결핵은 좋은 환경에서 잘 먹고 쉬어도 고치기 힘든 병이다.

"누가 죽인 걸까요?"

"병이 죽인 걸세."

"가두어두지 않았다면 하쓰요는……."

가네코는 쓸쓸한 표정으로 잠시 벽에 난 작은 창을 바라보다가 고개를 떨구었다.

"저 격자가 세상을 조각조각 나누어서 보여주고는 해요."

가네코는 편지를 내게 건넸다. 이미 검열을 받은 듯 편지에 커다랗고 동그란 도장이 박혀 있었다. 나는 생각 없이 편지를 읽었다.

중요한 내용은 있을 리 없다. 편지에 이상한 숫자나 눈에 뜨이는 글자만 보여도 지워버리고 도장을 찍어주니까.

또다시 밤이 오면 언제까지나 깨어 있겠노라
희망을 안고 잠드는 요즘의 나
젊은 나이에 갇힌 몸, 움직이지도 않고
다만 혼자서 쓸쓸히 앉아 있네
달빛
오늘 밤 또다시 높은 창문 너머로
검은 격자를 잠자는 얼굴에 드리우는구나
아침이 오면 이 주검에 심장이 다시 뛰고
철로 만든 격자 어둡고 밝게 눈에 들어오네
나의 혼이여, 불멸하기를 간절히 바라노라
감옥에 갇혀 있는 이 몸에서
육체라는 구속을 벗어버린 내 영혼이
원수에게 복수하는 내 모습을 상상하네

나는 편지를 읽다 말고 가네코를 올려다보았다. 서로의 눈이 잠시 마주치고 나는 변호사답게 편지의 문제점을 지적했다.

"이 내용을 저들이 전혀 통제하지 않았다는 게 무엇을 뜻하는지 아는가? 저들은 자네들이 반역죄를 지을 만하고 반성하지 않는다

는 걸 세상에 보여주고 싶어하네."

가네코는 말없이 코웃음 쳤다.

2

"운명이라는 게 참으로 명료하지 않습니까?"

박열은 접견실 벽을 향해 서서 발꿈치를 들고 작은 격자창을 통해 밖을 바라보았다. 어딘가 모르게 힘이 넘쳐나는 태도였다.

"내 방도 창이 이 방향입니다. 그러니까 천황과 나는 서로 마주 보고 있는 거지요."

이치가야 형무소는 황궁과 가깝다. 그러니까 황궁 방향으로 난 창을 놓고 하는 말 같았다.

"우리 둘은 그야말로 세기의 대결을 펼치려 하고 있다는 말입니다."

박열은 자기 가슴을 가리켰다.

"천황과 나."

나는 어이가 없어서 멍하니 박열을 쳐다보았다. 도대체 심각한 걸 모르는 건가.

"어쩌면 이 재판은 폭탄을 투척한 것보다 더 큰 반향을 일으킬 수도 있다는 생각입니다."

박열은 내 앞에 와서 앉더니 의기양양하게 웃었다.

"그렇지 않습니까, 선생님?"

"그렇지 않네."

나는 화가 치밀어서 웃는 저 얼굴을 한 대 갈겨주고 싶었다.

"재판이 잘못되면 자네들은 죽네. 그러니까 제발 진중하게 임하게."

"폭탄을 투척했으면 안 죽나요?"

"뭐라는 건가?"

"어차피 죽는 건 매한가지 아닙니까?"

"자넨 폭탄을 던지지 않았어! 폭탄을 가진 적조차 없어! 그렇지 않나?"

"그러니까 말입니다."

나도 박열도 흥분했다.

"선생님은 나더러 살기 위해서 이 좋은 기회를 버리라고 말씀하시는 겁니까?"

"목숨을 버릴 만한 일이 어디 있나? 이 세상에 목숨보다 소중한 게 어디 있어? 자네는 변호사를 앞에 놓고 도대체 무슨 궤변을 늘어놓는 것인가?"

"목숨보다 소중한 걸 지켜주십시오."

박열이 눈을 번뜩이면서 내 얼굴로 상체를 바짝 당겼다.

"선생님은 그냥 변호사가 아니지 않습니까? 그러니까 내 의중을

누구보다 잘 아시지 않습니까? 내 명예를 지켜주십시오."

"반역이 자네 명예이던가?"

"반역이 아닙니다. 싸움입니다. 나는 조선인으로서, 자유를 원하는 아나키스트로서 거대한 권력의 상징인 천황과 싸우는 겁니다."

박열은 손가락으로 황궁 방향을 가리켰다.

"그리고 천황과 싸워서 지면 당연히 죽는 겁니다. 살아남기를 바라는 혁명가가 어디 있습니까?"

나는 너무나 확고한 박열의 태도와 광기마저 느껴지는 그의 열변에 더 이상 아무 대꾸도 하지 못했다.

"나는 죽어야 합니다."

박열은 입가에 미소까지 띠며 자신에 차서 말했다.

3

나는 최대한 많은 증인을 불러야 한다고 생각했다. 함께 재판에 임하는 동료 변호사들도 생각이 같았다. 재판은 일어난 사건의 사실만을 가지고 심리하지 않는다. 어째서 이렇게 되었느냐가 정상을 참작하는 이유가 된다.

게다가 해가 바뀌면서 간토대지진의 여파가 수그러들자 이제 정치가들도 서서히 아량을 베풀 여지가 있다는 태도가 되지 않을까

하는 기대가 있었다.

그러는 사이에 가네코는 자신의 이야기를 수기로 쓰기 시작했고, 여러 곳에서 답지하는 영치금으로 충분히 잉크와 원고지를 확보할 수 있었다.

그녀는 수기를 쓰는가 하면 가끔 하이쿠를 지어서 후원하는 사람들이나 나에게 편지로 보냈다. 수기를 쓰지 않을 때에는 주로 독서에 몰두하는 것 같았다.

형편을 이야기하자면, 나와 동료 변호사들이 노력은 했어도 박열에게 가네코만큼은 후원이 오지 않았다. 그래서 가끔 가네코가 자신의 영치금을 박열에게 나누어 보내는 일이 생겼다. 들어온 영치금을 노로 보내는 게 아니라 자신의 후원자들인 동지들에게 박열을 오해하지 말고 자기 대신 박열을 돌봐달라는 뜻을 전달했다.

'그 사람이 뭔가 먹을 수 있게 해주세요. 간절히 바랍니다. 그의 부탁은 가능하다면 뭐든 들어주세요.'

같은 형무소에 있다고 해도 사실 야마다 경부가 말한 것처럼 서로의 얼굴을 볼 기회는 별로 없었다. 어쩌다 출정하면서 복도에서 서로 마주칠 뿐이다. 그런 경우 간수는 서로 마주보거나 대화하지 못하게 한다.

그런데도 가네코의 편지나 하이쿠를 보면 박열과 마주치는 것을 꽤나 기대했던 것 같다.

연분홍빛 흡묵지에 스며 있는
벗의 거처를 더듬으며 책을 읽는다
유리창에 비치는 허리띠의 모습
젊은 여죄수가 출정하는 아침
쪽빛 드높은 향기 겹옷 속에 감추고
칠칠치 못한 이 몸 나 혼자 슬퍼라
감시의 눈길, 시멘트 복도에서 그 사람을
우연히 만날 수 있는 감옥의 저녁 무렵

가네코는 수기를 쓰고 예심에 끌려 다니면서도 꾸준히 박열을 그리워하고 박열에 대한 애정을 편지라든가 일지를 통해 세상에 드러냈다.

웃을 틈도 없이
또다시 떠오르는 B의 모습
나는 열아홉 그는 스물하나
둘이 함께 살다니 조숙했다 할 수밖에
집을 나와 그를 만나
밤늦도록 길을 걸은 적도 있었지
너무도 뜻이 높아
동지들에게마저 오해를 산 니힐리스트 B

적이든 우리 편이든 웃을 테면 웃어라
나 기꺼이 사랑에 죽을 테니

그러나 박열은 달랐다. 박열은 독서로 일관했다. 이치가야에 도착하자마자 일단 단식을 시작해서 자신이 무엇을 원하든지 검사국이나 형무소 당국이 들어주도록 만들었다. 그들은 목표가 있었고 원만한 재판을 위해서 박열의 요구를 대부분 수용하는 편이었다.

그는 자기를 사랑하는 여인을 잊은 것인지 오로지 투쟁적이었다. 예심에서 검사에게도 마치 자신의 정견이라도 발표하는 양 연설조로 말하고는 했다.

조선 민족은 결코 일본화되지 않을 것이며 또 일본 정부가 선전하는 대로 일본인과 조선인은 융화될 수 없다는, 그리고 조선인은 일본제국이 말하는바 선량한 신민, 즉 노예가 되기를 조금도 바라지 않는다는 것을 세계에 알리는 가장 좋은 기회라고 생각했다. 또한 조선에서의 사회적 운동과 침체되어 있는 일본의 사회운동에 자극을 주는 데 가장 좋은 기회이기도 하다고 생각했다. 아울러 일본의 천황을 살해함으로써 일본 민중이 신성불가침한 존재로 여기고 있는 종교적 존엄을 땅으로 끌어내려, 그것이 허황된 우상이자 비지덩어리와 같은 작자라는 진실을 알리는 데 가장 좋은 기회라고 생각했다.

그러니까 폭탄 투척 계획을 처음에는 복수 정도로 말했지만 막상 재판을 앞두고는 이제 자기가 미리 생각하고 짜둔 시나리오대로 끌고 나가려고 했다.

말하자면 그는 재판정에서 정치를 하려고 마음먹은 것이다.

다만 한 가지 절대로 박열이 입을 열지 않는 것은 바로 가네코에 대해서였다. 그는 처음부터 내게 그에 대한 속마음을 이야기했다.

"가네코에 대해서는 가네코가 당당하게 마음대로 자기가 하고 싶은 대로 선택하고 진술하기를 원합니다. 그래서 저는 가네코에 대해서는 한마디도 입을 열지 않을 것입니다. 선생님께서도 그렇게 알아주십시오."

박열은 정말로 그 약속을 지켰다. 그는 끝내 가네코에 대해서만은 어떤 진술도 하지 않았다.

물론 박열이 동지들을 지키고자 모든 죄-하다못해 사소한 법 위반까지도-를 단독으로 뒤집어쓴 덕분에 대부분의 동지들은 반역죄 공범으로는 기소되지 않았고 반역죄를 다루는 대심원에 가지 않게 되었다.

4

"이 사진은 무엇인가?"

나는 화가 나서 박열의 면전에 신문을 집어던졌다. 그런데 박열은 태연한 얼굴로 신문을 거들떠도 보지 않았다. 이미 보았다는 의미일 것이다.

"이 사진으로 지금 의회가 난리가 났어. 정우회에서 내각 총사퇴를 주장하고 있네."

사진은 다른 게 아니었다. 예비심문을 받으러 들어가기 직전에 피고인들이 대기하는 작은 방의 의자에 가네코와 박열이 다정하게 끌어안고 앉아서 함께 같은 책을 들여다보고 있는 사진이었다.

"대역죄인에게 이런 자유를 주는 게 말이 되느냐고들 떠들었겠지요. 그게 뭐가 어때서 그러십니까?"

"자네가 대역죄를 시인한 게 바로 이런 이유라고들 하네."

"이게 재판과 무슨 상관이 있습니까?"

"다테마쓰 검사는 자네가 너무 오만하고 제멋대로여서 회유하느라 그랬다고 말하고 있어. 그래서 결국 자백을 이끌어낸 것이다, 이렇게 말이야."

나는 사진을 손에 넣고 그걸 이용해서 여당을 공격하는 소위 야당의 정치가들에게도 구역질이 났지만 이런 일에 말려든 박열과 가네코에게도 화가 많이 났다.

"이 사진은 어떻게 찍게 되었는지, 어떻게 외부로 유출되었는지 말해보게."

"다테마쓰가 기념으로 남기고 싶다고 해서 찍었고, 이왕 찍은 것

이니 내게도 한 장 주기에 어머님 보시도록 고향에나 보낼까 했습니다."

"자넨 다테마쓰 검사를 믿나?"

"괜찮은 사람입니다만, 사람을 믿는 거지 검사국의 검사로는 믿을 수 없지요."

"세간에서 떠들어 대기로는 다테마쓰가 자네와 가네코가 남녀 간의 일을 치르도록 일부러 대기실 문을 밖에서 잠그고 30분 정도를 모른 체 내버려두고는 했다는 거야."

"시간 기록은 정확하게 되어 있지 않습니까? 간수들에게 물어보면 아는 일입니다."

"간수들 옷 벗었어!"

나는 소리쳤지만 박열은 피식 웃었다.

"재미있네."

나는 잠시 흥분을 가라앉혔다. 그렇지. 어쩌면 이게 박열이나 가네코에게 흉은 될 수도 있지만, 기사회생의 여건이 될 수도 있지.

"좋아. 그럼 난 이제 회유가 맞다고 하겠네."

박열의 안색이 확 변했다.

"안 됩니다."

"왜 안 돼? 저들이 자기들 입으로 회유했다고 하는데."

"난 회유당하는 인간이 아닙니다."

"회유당한 것으로 한다고 해서 뭐가 그렇게 나빠지나?"

"선생님은 내가 비굴하게 형무소를 걸어 나가는 걸 원하십니까?"

"난 변호사야. 자네가 석방될 수만 있다면 뭐든 하겠네."

"그건……."

박열은 일그러진 표정으로 나에게 대들듯이 말했다.

"날 진짜 죽이는 겁니다."

나는 엄청난 갈등 속에서 며칠을 보내야 했다. 그리고 가네코를 찾아가려다가 그만두었다. 가네코 성질에 어쩌면 확 죽어버릴 수도 있기 때문이다.

이래저래 소위 사회 지도층이라고 부르는 인간들의 야비함만 실컷 구경하게 되었다. 한편으로 박열의 여유가 부러웠다. 도대체 어떻게 태어나면 저 나이에 저렇게 배포가 클 수 있을까.

어쩌면 정말 박열은 천황 따위하고는 비교할 수 없는 인물인지도 모른다.

결국 박열은 다테마쓰에 관해서 이렇게 진술했다.

"오해해서는 곤란하니까 다시 한 번 분명하게 말해두겠는데, 내가 당신을 존중한다고 해서 당신의 업무 처리 방식이 문자 그대로 공명정대하다고 믿거나 또는 당신이 그러리라고 신뢰하는 것은 결코 아니다. 나는 원래부터 소위 재판이나 사법의 권위 따위는 전혀 인정하지 않는 사람이다. 본래 재판이라는 것은 그 본질에 있어서 권력자들이 무지한 민중을 속여서 자신을 보호하기 위한, 그다지

정교하지도 못한 일종의 조작질에 불과하다는 것을 너무 잘 알기 때문이다."

결국 박열의 이 증언이 기록에 남아서 다테마쓰는 박열이 회유되지 않는 한 별로 공을 세울 수 없게 되었다.

11장 · 판결

1

공판이 다가오면서 나는 너무 바빠져서 정신을 차릴 수가 없었다. 그런데 가네코로부터 한 통의 편지가 왔다. 곧 접견을 할 예정인데 어째서 편지를 보냈을까 생각하면서 뜯어보자 뜻밖의 내용이 적혀 있었다.

어렵게 마련해주신 이 세상에서의 시간들도 이제 얼마 남지 않은 듯합니다. 결산을 해야 할 때라고 생각하지만 무엇을 먼저 해야 하나 싶어서 주판을 한 손에 들고 어찌할 줄 모르고 있습니다.

22년의 삶-고통-실패, 플러스? 마이너스? 이퀄? 제로? 하지만 그 고통을 넘어 그리고 실패를 넘어 '제로'와 같은 삶에서도 자신이 추구한 무언가를 얻었다는 생각이 들기도 합니다. 적어도 얻고자 했으며 지금도 그렇다는 것은 사실입니다.

펜을 잡으면 다시금 가슴에 밀려드는

내 과거의 수많은 슬픔들……

어느 때보다 지금은 한층 더 말하는 것을 제한받고 있습니다. 그래서 말을 할 수도 없고 말하고 싶지도 않습니다만, 단 한 가지만은 말해두어야 할 것 같습니다.

요즘 나 자신의 마음을 가만히 응시하다가 '나는 예전부터 너무나 많이 자신을 의심했으며 자신에 대하여 지나치게 겁을 먹었다는 확신을 갖고서야 죽으러 갈 수 있다'는 생각을 했습니다.

바로 이것을 말씀드리고 싶었습니다.

아울러 사랑하는 동지와의 혼인신고를 하고자 하니 도와주시기 바랍니다.

혼인신고라면 당연히 박열과의 혼인일 것이다. 나는 중요한 공판을 앞둔 지금 그래야 할까 싶었지만 그녀의 편지에서 이제 죽음을 각오하고 완전히 정리하려고 한다는 데에 생각이 미쳐 그대로 수용하기로 했다.

왜냐하면 그녀가 죽고 나면 사실상 그녀의 유해조차 수습해줄 사람이 없었고, 유해나마-만일 집행부 측에서 내어준다면-이제 남편의 집안에서 수습해줄 수도 있지 않을까 막연하게나마 그녀의 심경을 읽을 수 있었기 때문이다.

사실 안타까운 마음이 없지는 않았다. 검사국은 꾸준히 두 사람

의 전향을 원했다. 검사국은 뉘우치는 태도만 보인다면 특별히 선처하겠다는 의향을 비쳐오기도 했다.

그러나 박열에게는 이빨도 안 들어가는 소리였다.

대심원의 마지막 예심에서 다테마쓰 검사가 두 사람에게 반성하는 마음이 없느냐고 물었다.

박열은 역겹다는 듯 쏘아붙였다.

"나는 후회 따위를 할 이유가 없다. 냉정하게 반성하고 뉘우칠 마음이 없느냐는 말은 거꾸로 내가 너희들에게 물어야 할 말이다. 너희들이야말로 진정으로 뉘우쳐야 할 인간이라는 것을 깨달아야 하지 않겠냐?"

가네코는 냉정하고 간결하게 말했다.

"반성할 여지가 없다."

공판이 열리게 되자 일본과 조선의 수많은 청년들과 기자들에게 초미의 관심거리가 되었다. 그런데 박열은 공판에 앞서서 자신을 재판정에 세우려면 조건을 들어주어야 한다고 우겼다.

재판을 받아야 하는 피고인으로서는 누구도 상상조차 못할 어처구니없는 요구사항이지만 박열이 우기기 시작하자 들어줄 수밖에 없는 상황이 되었다.

이 세상에서 가장 무서운 존재는 이미 죽었다고 생각하고 달려드는 존재일 것이다. 나는 죽음과 고통을 전혀 두려워하지 않는 존재

는 통제받지 않을 권리를 쟁취한다는 걸 그때 깨달았다. 요구사항은 모두 네 가지였다.

첫째, 공판정에서는 일절 죄인 대우를 하지 않아야 하며 '피고'라고 부르지도 말 것.

둘째, 공판정에서 조선 예복 착용을 허락할 것.

셋째, 자리도 재판장과 동일한 좌석을 마련할 것.

넷째, 공판 전에 자기의 선언문 낭독을 허락할 것.

다섯째, 만일 이상의 요구에 응하지 않을 때에는 입을 닫고 일절 신문에 응하지 않을 것임을 결심한다.

어처구니없는 요구조건이었지만 재판부는 타협할 수밖에 없었다. 그래서 좌석에 관한 문제는 철회하는 대신 예복의 착용을 승낙하고 선언문 낭독도 승낙했다.

마지막으로 남은 문제가 일본말로 할 것이냐 조선말로 할 것이냐 하는 문제였다.

"나는 일본말을 제대로 못한다. 그러니까 조선말로 해야 한다."

박열은 그렇게 우겼고, 가네코도 나도 그 부분은 양보할 수 없다고 우겼다.

재판부는 골머리를 앓았다.

검사국의 입장에서는 박열과 가네코가 공판에 순순히 응해서 자

기들이 원하는 판결이 나오기를 바라는 면이 커서 어떻든 수용하자고 했다.

그렇게 공판일이 되었다.

2

1926년 2월 26일, 대심원 대법정 앞은 경찰들로 삼엄한 분위기였다. 방청권 140매가 아침 일찍 배포되었고 순식간에 동이 나버렸다. 경찰 병력이 방청객보다 많았고 게다가 헌병대까지 출동해서 수십 명이 외곽에서 경비를 서는 모습이 보였다.

입장하는 사람들은 법조인이든 기자든 간에 모두가 몸수색을 철저히 받아야 했다. 그러고서도 안심이 안 되었는지 법원 안에까지 특고들이 나와 서서 감시의 눈을 번뜩였다.

방청객들 중에 특히 조선인 학생들이 많다는 것이 그들의 신경을 더욱 건드리는 것 같았다. 내가 보기에도 조선인 학생들이 눈에 띄게 많았다.

9시가 되자 가네코가 먼저 법정에 모습을 드러냈다. 그녀는 어느 때보다 단정하고 아름다운 차림새였다. 그녀는 바로 조선 옷을 입고 있었던 것이다.

분홍빛이 도는 하얀 비단 치마저고리에 검정색 윤기가 흐르는 두

루마기를 입고 머리에는 비녀를 꽂고 있었다. 손에는 여유 있게 책도 한 권 들고 있었고 동그란 무테안경을 쓴 모습이었다.

그녀는 여유 있게 들어서더니 나를 보고 부드럽게 미소를 지어 보였다. 그러고는 돌아서서 자신을 후원해주는 동지들을 향해서도 웃으면서 한 사람, 한 사람과 차례로 목례를 주고받았다.

그녀가 피고인석 한쪽에 앉자 이번에는 박열이 성큼성큼 들어왔다. 자기 목숨이 오락가락하는 재판을 받으러 재판정에 들어오는 피고인이 아니라 마치 강연이라도 하러 오는 듯한 태도였다.

오만하기로는 이 세상을 다 뒤져도 박열만 한 인물이 없을 것 같았다.

복장도 화제가 될 만한 복장이었다. 흰색과 보라색이 섞인 저고리에 짙은 회색 바지를 입고 근사한 요대에다가 신발까지, 마치 조선의 왕이라도 된 듯이 차려입은 모습이었다. 게다가 한 손에는 부채까지 든 모습이어서 내 개인적인 취향으로는 우스꽝스럽기까지 할 판이었다.

그 역시 동지들과 반갑게 인사를 나누고 가네코와 다정하게 몇 마디를 주고받더니 세상 편한 자세로 가네코 옆에 앉았다.

그러나 여유롭던 분위기는 재판이 시작되면서 순식간에 무거워졌다.

재판장이 인정심문을 시작했다.

"피고의 이름은 무엇인가?"

"박열이다."

재판장은 일본말로 물었지만 박열은 조선말로 대답했다.

"방금 한 말은 조선말인가?"

"그렇다."

박열은 재판장과 판사들을 난처하게 만들었다. 조선말을 하겠다고 하면 당연히 통역관을 대동해야 하는데 재판부는 그렇게 하지 않았던 것이다.

박열의 거침없는 조선말은 재판부를 당황하게 만들었고 가네코도 당당하고 명료하게 신문에 답해서 재판부를 당황하게 했다.

"피고는 경성에서 1919년 3월 1일의 시위에 참여했었나?"

"대한의 독립선언을 말하는 거라면 참여했다."

"폭력을 행사해서 구금되지는 않았는가?"

"그날 만세운동의 특징은 철저히 비폭력적이었다는 데 있다. 폭력은 일경들과 일진회 무리들이 사용했지 조선의 청년들은 폭력을 행사하지 않았다."

"피고는 폭력을 반대하는가?"

"정당한 목적을 위해서라면 반대하지 않는다."

가네코도 당당한 응답으로 재판정을 흔들었다.

“피고는 국가에 해가 되는 사상을 가지게 된 특별한 이유가 있어 보이는데 어떠한가?”

“방금 그 질문은 상당히 모욕적이다. 내가 무적자로 태어나 어려서 친척들로부터 학대를 받았다는 것은 내가 국가와 대척점에 서는 이유가 될 수 없다. 오히려 학대한 사람들에 대해서 나는 감사한 마음을 가지고 있다. 만일 그들이 나를 편안하게 해주었다면 나도 고분고분하게 순응하는 머저리가 되고 말았을 것이다.”

“그렇다면 국가와 사회에 어째서 대적하는가? 그럴 만한 계기가 있었는가?”

“국가와 개인은 어떤 계기가 있지 않아도 대척점에 있을 수밖에 없다. 국가는 힘으로 개인을 억누르고 자기들이 만들어놓은 틀에 맞춰서 순응하도록 하기 때문에 개인들은 자신들의 자유를 억압받을 수밖에 없다.”

재판장은 재판 과정에서 너무 반향이 큰 박열과 가네코의 답변에 당황한 것 같았다. 재판 도중에 갑자기 위험 요소가 있으므로 안전을 위해서 모든 일반 방청객은 나가달라고 했다.

방청객들이 나가지 않으려고 소란을 피워서 경찰관들이 오고 소란이 일었다.

방청객들은 쫓겨나고 대신 특고와 검사, 그리고 정부의 나팔수 노릇이나 하는 기자들이 들어와서 그 자리를 대신 차지했다.

나는 동료 변호사들과 함께 부당함을 항의했지만 받아들여지지 않았다. 결국 박열과 가네코가 특별히 원한 구리하라만이 방청이 허락되었다. 박열의 기지로 반역죄에서 벗어난 구리하라는 열심히 돈을 벌어서 두 사람의 옥바라지를 하는 훌륭한 동지였다.

나는 구리하라를 데리고 와서 방청하게 했다. 그래서 결국 일반 방청객은 구리하라 하나뿐인 비공개 재판이 되었다.

나는 구리하라에게 당부했다.

"받아 적는 건 금지니까 최대한 외워주게."

오후의 공판도 긴장과 술렁임의 연속이었다. 박열은 미리 약속한 대로 자기 선언문을 낭독했다.

"국가는 개인의 신체와 생명과 자유를 끝없이 침해하면서 자기들의 이익을 추구하는 강도들 중에 대강도단이라고 할 수 있다. 그러므로 국가의 편에 선 재판관이 공정한 판결을 할 리가 없다고 나는 생각한다. 다만 내가 이 법정에 선 것은 재판을 받자는 게 아니라 나 자신의 입장을 정확하게 선언하기 위한 것이다."

재판은 비공개였지만 결국 재판 내용은 재판정 밖으로 새어나가서 일본과 조선에 커다란 반향을 일으키는 공판이었다.

일본 대심원 재판정에서 조선 옷을 입고 조선말을 사용했다는 것 자체가 커다란 반향을 일으켰는데 거기 더해서 일본 여자인 가네코까지도 조선 옷을 입었다는 것이 커다란 화제였다.

검사는 사형을 구형했다.

3

3월 25일 새벽 5시부터 200여 명의 경찰 병력이 대심원 법정 주변의 골목마다 흩어져서 주변을 경계했다. 그리고 헌병들이 완전무장을 하고 출동해서 외부를 완전히 에워쌌다.

아침이 되자 처음 공판이 열릴 때보다 더 많은 군중들이 몰려들었다. 방청객 100여 명에다가 주변에는 소위 '주의자'라고 불리는 사람들이 주변 도로를 달리면서 유인물을 뿌렸다.

경찰이나 헌병은 거리에서 돌아다니는 자들에 대해서는 그냥 못본 체했다. 그들의 신경은 온통 대심원 법정에 쏠려 있었다.

재판정 안은 특별방청객들이 먼저 들어와서 자리 잡고 있었다. 그리고 내가 들어설 때에는 박열과 가네코도 들어와서 피고인석에 앉아 있었다.

박열은 흰색 동정을 댄 한복을 입고 있었고 가네코는 와후쿠를 멋지게 차려입고 앉아 있었다. 판결을 하는 날임에도 불구하고 두 사람 모두 매우 평온하고 태연한 모습이었다.

들리지는 않았지만 둘이 서로 귓속말을 주고받으면서 가끔 소리

죽여서 쿡쿡 웃기까지 했다.

곧 재판장이 들어오고 기립하라는 소리가 울려 퍼졌지만 박열과 가네코는 미동도 하지 않았다. 두 사람은 태연히 앉아서 서로의 손을 잡고 재판장을 바라보았다.

재판장은 여러 이야기를 할 것도 없이 곧바로 판결을 내렸다.

"형법 제73조 및 폭발물 단속 벌칙 제3조 위반을 적용하여 피고인 가네코 후미코와 피고인 박열에게 사형을 선고한다."

법정 안이 소란스러워졌다. 그러나 박열과 가네코는 흥분하지도 절망하지도 않은 상태로 잠시 묵묵히 재판장을 바라보았다.

그리고 재판장이 일어나서 나가는 때에야 몸을 일으킨 박열이 재판장에게 한마디 했다.

"그동안 수고가 많았다. 너희들이 내 육체야 죽일 수 있어도 내 머릿속 사상이야 어쩌겠는가?"

그 뒤로 가네코가 벌떡 일어나더니 몸을 돌려 방청석의 소란스러운 기자들과 동지들을 향해 두 손을 번쩍 들며 소리쳤다.

"만세!"

기자들이 어리둥절하는 사이에 동지들이 일어나면서 손을 쳐들었다.

"만세!"

박열도 웃으며 손을 쳐들었다.

"만세!"

나는 허탈한 기분으로 고개를 떨군 채 그저 그동안 수도 없이 들쳐보았던 재판 기록을 만지작거리고 있었다.

'재판장, 마키노 판사이던가? 자네…… 사형이 무슨 뜻인지 알고는 있는가?'

어느 인간이 어느 인간을 죽이거나 어느 집단이 어느 인간을, 혹은 어느 집단이 어느 집단을 죽이는 걸 법으로 정할 수는 없다.

이 세상의 어떤 인간도 다른 인간에게 죽음을 명할 수는 없다. 아니, 신이라 할지라도 그래서는 안 된다. 이렇게 야만적인 법은 이 세상에서 사라져야 한다.

나는 판사라고 해서 어느 인간을 죽이라고 명할 자격이 있는가에 대해서 온 세상 사람들을 모아놓고 묻고 싶었다.

12장 · 마지막 날의 비밀

1

사형 판결이 내려진 후에 언론들은 일제히 박열은 재판장에게 욕설을 하다가 제지당했고 가네코는 주저앉아서 실성한 듯 알아듣지 못할 말을 중얼거렸다고 깎아내렸다.

나는 그들이 충분히 소기의 목적을 달성하고도 어째서 저렇게 신문을 이용해서 내 의뢰인들을 짓밟는지 이해할 수 없었다.

그러다가 우연히 그들이 왜 그러는지를 알게 되었다.

정치권에서는 괴사진 사건 이외에도 심각한 논의가 물밑에서 진행되고 있었다.

'가네코는 일본인이 아닌가. 심각한 문제이므로 최대한 귀화하도록 해라.'

그제야 나는 권력층의 입장을 충분히 이해했다. 일본인이 천황에 대적해서 사형을 당한 전례는 이미 있었지만 그들은 소위 배울 만큼 배우고 뛰어난 인물들이었다.

그런데 가네코는 여자에다가 호적도 없이 태어난 가련한 태생이

라는 데서 일반 국민들이 심정적으로 가엾게 여길 수가 있었다.

'어느 한쪽이 너무 가엾게 여겨지면 반대편은 나쁜 모습으로 여겨진다.'

당연한 논리였다.

이렇게 되자 사형 판결이 내려진 날의 풍경을 그럴듯하게 각색해서, 박열은 사나운 불한당으로 인식시키고 가네코는 조선인 남자에게 얽혀 들어서 불쌍하게 죽게 될 일본 여자로 둔갑시키는 잔꾀를 부렸다.

그리고 사형선고가 내려진 날에 형무소에서는 특별히 가네코의 어머니에게 특별면회를 하게 해주었다. 생전에 딸을 상관도 않던 여자가 갑자기 왜 그렇게 개과천선을 했는지는 모르지만 가네코를 면회 와서 울고불고하다가 갔다고 한다.

나는 그런 사실을 까맣게 몰랐는데 가네코의 당시 심정을 편지를 통해 읽고 알았다.

뜻밖에도 어머니가 고향에서 올라와
감옥에 있는 나를 방문했네
어머니는 잘못했다며 울고
나 또한 영문도 모른 채 눈물 삼킨다
어쩌다 만나지도 못했구나
6년 만에 눈여겨본 어머니 얼굴

그러니까 가네코가 갇혀 있기 전에도 몇 년간은 어머니를 만나지 못했고 그 후로 갇혀 있을 때에도 세상이 온통 떠들어대는데 어머니는 면회 한 번 오지 않았었다는 이야기이다.

이렇게 되니까 가네코의 어린 시절 이야기가 온통 떠돌아다니기 시작했다. 그리고 저마다 한마디씩 했다.

'그 조센징이 죽일 놈이지.'

'여자는 그래서 남자를 잘 만나야 해.'

'어쩌다 그런 조선 남자를 사귀게 되었을까?'

그렇게 퍼져나가다 보면 한 가지 결론에 도달한다.

'사형은 너무 가엾다.'

당장 수상이 나서서 천황에게 '은전을 베풀어주십사' 하고 탄원서를 올렸다.

천황은 본래 신에 가까운 존재이니까 자비로워야 해서 탄원서가 올라가자마자 사면장을 내렸다. 하늘과 같은 은혜로 목숨만은 구해준다는 천황의 자비로움을 사법대신은 이렇게 표현했다.

당사자들이 전혀 생각지도 못했던 은명을 받았다고 생각한다. 금후 살아가는 동안에 반드시 뉘우치리라고 생각하며 우리들도 그러

기를 바라 마지않는 바이다. 은사를 내림으로써 새롭게 신민이 된 조선인들도 마찬가지로 바다와 같이 넓고 태산과 같이 높은 성은에 감읍할 것이라고 생각한다. 일찍이 일한합방 때에 선제 폐하께서 발포하신 조칙에 일시동인(一視同仁)이라는 말씀이 계셨던바 이후 새로운 신민들에게 한결같이 두터운 황실의 은명이 젖어 들어왔는데, 이번 일로 또다시 조선의 신민들에게 크나큰 황은이 스며들어 조선을 통치하는 데 좋은 영향을 미칠 것이라고 생각한다.

가네코만이 아니라 박열까지 사면을 해준다면서 일시동인 운운하는 개수작에 나는 구역질이 날 지경이었다.

힘이 강하다고 해서 다른 약소민족을 함부로 침탈한 것이야 힘이 없어 당하니 어쩔 수 없다고 치겠지만 은혜를 베푼다는 건 무슨 가당치도 않은 말인가.

대체 어느 조선인이 천황의 은혜를 바라본다는 말인가. 어처구니도 없거니와 대신이라는 작자의 아부성 말투 하나하나가 유치하기 짝이 없었다.

그러나 그런 것이야 꾹 참으면 되고 당장 내 의뢰인들인 박열과 가네코가 목숨을 부지할 수 있다는 데에 그까짓 것은 참아줄 만도 하다고 나는 생각했다.

나는 어쨌든 살았구나 하고 가네코를 만나러 갔다. 그런데 이치

가야 형무소에 가자마자 황당한 이야기부터 전해 들어야 했다.

형무소장이 사면장을 건네자마자 가네코는 그 자리에서 발기발기 찢어버리면서 큰 소리로 꾸짖듯이 말했다고 한다.

'내 목숨은 내가 알아서 한다. 천황 따위가 뭔데 감히 내 목숨을 살린다는 말이냐?'

그에 비하면 박열은 또 그냥 심드렁하니 받아 챙기면서 지나가듯 말했다고 한다.

'소장, 뭐 자네 체면을 보아서 받아는 두겠네.'

이쯤 되면 형무소 측에서도 질려버릴 지경이었다. 형무소장은 몹시 못마땅한 듯 씩씩대고 있었다.

나는 가네코의 특별면회를 신청했다.

2

가네코는 특별면회라고 하자 피식 웃었다.

"이제 선생님도 좀 쉬셔야지요."

"나야 팔자가 이런 걸. 요즘은 대만까지 다니느라 너무 시간이 없네. 이제 자네 보러 언제 또 올지 몰라서 일반면회가 아니라 특별면회를 신청했지. 자네를 전향시켜보겠다고 말이야."

"그 말을 믿던가요?"

"지푸라기라도 잡고 싶을 테니까."

"내 전향이 그렇게 중요하대요?"

"특명이 내려졌겠지."

가네코는 전보다 얼굴이 더 밝아지고 계속 웃는 얼굴이다.

"참 괴상한 일이네요. 살려고 그렇게 발버둥을 칠 때는 온 세상이 죽어라죽어라 하더니만……."

"그랬던가?"

"어릴 적 이야기예요. 잘 곳이 없어서 신문사 지국에서 얻어 잤어요. 신문 뭉치들이 잔뜩 쌓여 있는 방구석에 웅크리고 자면서 하루 종일 신문을 팔러 다녔어요."

한겨울이었는데 할당량을 받아 들고 나가자마자 눈이 너무 내리는 거예요. 난 아침부터 굶어서 신문을 팔면 입금하는 건 둘째 치고 일단 뭐라도 사서 먹어치울 판이었죠. 그런데 눈이 너무 내리니까 지나다니는 사람 자체가 아예 없었어요.

사람 그림자라도 보이면 달려가서 신문 하나 사라고 매달릴 판인데 정말 깜깜해지도록 사람 하나 만나기가 어려운 거예요.

그렇다고 각기 맡은 구역이 있는데 남의 구역으로 넘어가서 신문을 팔면 사내아이들한테 얻어터지기 똑참이죠. 그런데도 너무 춥고 배가 고파서 남의 구역까지 넘어갔어요. 신고 있던 신발이 변변치 않아서 양말까지 젖은 통에 얼어 죽을 것만 같아서 씩씩하게 빨리

빨리 걸어야 했죠.

결국 밤이 늦도록 돌아다녀도 신문은 한 장도 팔지 못하고 돌아왔는데 사모님이 국수를 뜨겁게 끓여서 먹고 있더라고요. 좀 주려나 하고 눈치를 보는데 신문 그냥 그대로 들고 온 걸로 국수 대신 욕만 배 터지게 얻어먹었어요.

사모님 안채로 들어간 후에 설거지통에 있는 국수 냄비에서 국수 가닥과 국물을 핥아 먹고 한구석에서 쪼그리고 자는데 너무 추워서 잠이 안 와요.

"그때 제일 무서운 게 이러다 죽으면 어쩌나 하는 거였어요. 너무 춥고 배고프니까 어쩌면 눈을 감았다가 다시는 뜨지 못할까 봐 겁이 더럭 나는 거예요. 그래서 자야 할지 자지 말아야 할지 고민했다니까요?"

가네코는 자기 이야기를 하면서 자기가 웃긴다는 듯이 손뼉을 쳤다. 나는 주책없이 눈물이 날 것만 같아서 두 눈을 크게 부릅뜨고 딴청을 피웠다.

가네코는 그런 내 생각도 해주지 않고 내처 수다를 떨었다.

"왜 그렇게 살고 싶었을까요? 죽는 게 그다지 큰일도 아닌데 항상 살고 싶어서 발버둥을 쳤던 것 같아요. 그리고 세상은 내가 사는 걸 너무 싫어했죠."

아주 어려서는 한번 죽으려고 했던 적이 있어요. 웃기는 게, 맞아 죽을까 봐 미리 죽어버리려고 했다는 거죠. 열한 살이니까 정말 나이에 비해서 너무 바보였던 것 같기는 해요.

아침부터 고모가 무슨 일로 화가 났는지 밥을 안 주는 거예요. 배가 너무 고파서 동네 조선인 집 밖에 널린 무청을 조금 뜯어 먹다가 그만 그 집 아주머니한테 들켜버렸어요.

아주머니는 놀란 눈으로 나를 보더니 집 안으로 데리고 가서 보리밥을 양푼째 내놓고 먹으라고 하시더라고요. 선생님은 조선 고추장 먹어보신 적 있으세요? 맵지만 아주 맛있어요. 와사비랑은 다른 맛이죠.

하여튼 정말 배가 터져라 하고 욱여넣었어요. 그런데 그렇게 실컷 먹다가 보니까 담장 너머에서 고모가 떡하니 쳐다보고 있는 거예요. 무시무시한 눈초리로 말이죠. 체면상 들어오지는 못하고 그냥 보고 있다가 아주머니가 부엌에서 나오니까 휙 가버리더군요.

난 갑자기 다리가 후들거려서 먹은 게 다 매슥매슥하고……. 하여간 그래서 이제 어쩌나 걱정이 태산이었죠. 조선인 집에 들어가는 것도 싫어하는데 가서 밥을 얻어먹었으니 집안 망신은 내가 다 시킨 거죠.

아무리 생각해도 이제 집에 들어가면 맞아서 죽는 길밖에 없겠구나 싶어서 미리 죽어버리려고 물가로 갔어요. 동네에서 숲으로 한참 가면 커다란 냇물이 있는데 물이 꽤 깊었거든요. 그리고 그 장소

는 아무도 모르는 장소예요. 그 장소로 가서 물에 뛰어들었어요.

흐흐. 죽는 것도 때가 맞아야 하더라고요. 누군가가 날 구했어요. 난 헤엄을 못 치니까 확실하게 죽는 건데 약초 캐러 다니는 어떤 조선인 아저씨가 날 발견하고 구해낸 거죠. 헤엄도 못 치면서 물에 들어가면 어쩌냐고 혼꾸멍을 내고 가셨어요.

"난 옷만 흠뻑 젖은 채로 고모네로 들어갔네요. 그리고 진짜 딱 죽을 만큼 맞았어요. 물에 빠져서는 못 죽었지만 맞아서는 죽겠구나 싶을 만큼이요."

가네코는 한숨을 내쉬었다.

"왜 그렇게 살고 싶었을까요?"

왜 안 살고 싶겠니. 나도 매일 살고 싶은데. 내가 만일 사형 판결을 받는다면, 그렇게 생각만 바꿔봐도 깜짝 놀라는데. 눈에 잘 보이지도 않는 작은 벌레들도 불만 켜지면 살기 위해서 미친 듯이 달리지 않니.

나는 어떤 부류의 인간을 증오하지 않는다는 것이 너무 힘들게 느껴졌다.

3

여름의 시작을 알리는 장맛비가 주룩주룩 쉬지도 않고 내렸다. 무더위보다야 한결 나아서 그런 대로 돌아다닐 만했다. 자꾸 경비가 쪼그라들어서 이제 주로 걸어서 다녀야만 했다.

비를 맞으면서 열심히 검사국과 경찰서를 돌아다니다가 겨우 좀 여유가 생겨서 사무실로 돌아오자 동료 변호사가 우쓰노미야 형무소에서 연락이 왔다고 했다.

"무슨 일인데?"

"우쓰노미야 형무소로 이감한 여죄수 일인가 본데요?"

"가네코?"

"달리 누가 있겠어요?"

나는 다시 사무실을 돌아 나와야 했다.

가네코는 창백한 얼굴에 두 눈만 반짝반짝 빛났다. 마주 앉아도 전처럼 수다를 떨지도 않고 웃지도 않았다. 아니, 조금은 미소를 짓는 것도 같았다.

"무슨 일인가? 왜 단식을 하는 건가?"

나는 이감으로 인해서 박열과 거리가 멀어지고 다시는 만날 수도 없다는 이유로 항의하는 것으로 생각했다.

"이감이 결정 난 것은 사진 사건 때문에 어쩔 수 없는 일이고 또

이치가야에 함께 있다고 해도 남녀 기결수는 서로 마주칠 수 없다는 걸 모르는가?"

"알아요. 상관없어요."

"그런데 왜?"

"그냥 생각할 게 좀 많았어요. 특별한 이유는 없어요. 굶으면 머리가 맑아지는 걸 모르세요?"

"단지 그 이유인가?"

가네코는 나를 바라보며 힘없이 웃었다.

"달리 뭐가 있겠어요? 그저 내가 먹고 싶지 않으면 안 먹는 거죠. 내가 먹고 싶어질 때 먹을 거예요."

"먹어야 해. 그래야 좋아하는 책도 실컷 읽고 글도 마음껏 쓸 게 아닌가?"

"걱정 마세요."

가네코는 오히려 나를 위로하듯이 말했다.

"이제 조금 먹어볼까 생각했어요."

나는 가네코와 헤어져서 돌아오는 길에 내내 우울해져서 힘들었다. 장마의 찐득찐득한 날씨도 한몫하고 있었겠지만 무엇보다도 그녀의 어딘가 모르게 달라진 인상이 나를 불안하게 했다.

'무언가 달라졌다.'

그게 무엇인지는 모르지만 너무 반짝이던 그 눈빛만은 돌아오는

길 내내 잊히지가 않았다.

'나는 우울해지면 안 되는 사람이다.'

나 스스로 언제나 그렇게 다짐하고는 했다. 나를 믿고 의지하는 수많은 의뢰인들은 정말 우울하기 짝이 없는 경우가 많았다. 그래서 나는 그들을 위해 좀 더 유쾌해지고 강해져야 한다고 믿었다.

내가 약해지면 내 의뢰인들은 기댈 곳이 없다. 대부분이 무산자 계급이거나 차별받는 조선인, 대만인, 부락민들……. 가진 것도 믿을 구석도 없는 사람들이다. 그 사람들을 위해서 나는 절대로 힘이 빠져서는 안 된다.

한밤중에 사무실로 돌아와서 맥없이 앉아 있다가 그만 앉은 채로 잠이 들어버렸다. 날이 밝은 것을 보고 아차 싶어서 집으로 전화를 하려고 일어났다.

아내는 부쩍 걱정이 많다. 집 담장에서부터 대문에까지 온갖 유치한 낙서들-반역자! 조선으로 가버려라! 반역자를 두둔하는 배신자 놈!-이 붙기 시작하면서 아내는 내가 오래 연락이 되지 않으면 불안해했다.

아내한테 전화를 해서 안심을 시키고 옷이라도 갈아입으려고 하는데 우체부가 편지를 가지고 왔다. 내 앞이거나 사무실로는 등기가 아닌 일반 우편이 올 일은 별로 없다. 법원의 우편이나 의뢰인들에 관한 우편은 대부분이 등기로 온다.

일반 우편은 한눈에 보아도 딱 형무소에서 온 우편물이었다. 형

무소에서 오는 우편물은 편지지를 접어서 그대로 봉투가 되는 우편물이다.

발송처는 가네코 후미코라고 크게 쓰여 있었다.

가네코가 보낸 것이었다. 특별면회에서 건네지 않고 편지에 대한 말도 없었는데 이미 며칠 전에 나한테 편지를 보냈다는 걸 이해할 수 없었다. 편지야 미리 보냈겠지만 적어도 '편지 받아보셨어요?' 따위를 물어야 정상 아닌가.

편지를 뜯었다. 가네코의 또박또박 정성 들인 글씨가 눈에 들어왔다.

변호사님. 처음으로 선생님이 아니라 변호사님이라고 불러봅니다. 왜냐하면 변호사님은 정말로 변호사로서 존재감이 너무 강하신 분이라고 생각이 들어서요. 그러니까 누구나 변호사님이라고 정확하게 불러드려야 마땅한 것 같아요.

실제로 그랬다. 박열과 가네코를 비롯한 불령사 친구들은 모두가 나를 선생님이라고 불렀다. 가끔 그런 극존칭에 거부감이 들기는 하지만 조선인 학생들이 많은 관계로 그냥 받아들이고는 했다. 우리와 달리 조선에서는 선생님이라고 하지 않고 그냥 선생이라고 하면 오히려 하대가 된다고 들어서였다. 그런데 그게 무슨 상관이 있겠는가. 갑자기 호칭 문제라니.

변호사님께는 그동안 참 많은 신세를 졌다고 생각해요. 물론 그 외의 다른 동지들이나 후원자들께도 온갖 신세를 져야만 했지요. 그런데 그런 신세를 지는 행위…… 이제 그만하려고 합니다.

나는 불길한 예감이 확 들었다. 무슨 의미일까? 이제 그만한다는 건 무슨 쓸데없는 생각인가. 형무소에서는 밖에서 들어가는 후원금 없이 절대 살아갈 수 없다. 그야말로 책 한 권, 종이 한 장도 구할 수 없을 것이다.

사실은 요 며칠 동안 저를 아끼시는 모든 분들에게 마지막 편지를 썼어요. 이제 그만 저한테서 신경을 좀 거두어주시라고요. 이제 없는 사람으로 생각해주시면 고맙겠다고요. 그다지 큰 이유는 아니고 그저 저는 누군가에게 받는 것에 익숙해지는 제가 싫어져서라고 생각해주셨으면 해요.

물론 꼭 그래서는 아니에요. 내 성격상 원래 나를 무시하는 사람보다 나를 동정하거나 떠받드는 사람을 더 경계해온 게 사실이고 이런 내 태도는 틀리지 않다고 생각해요. 누군가가 나한테 영향을 끼치는 걸 거부하고 싶으니까요.

사실 사형선고를 받던 날부터 이제까지는 다른 어느 면보다 나 자신의 내면에 관심을 가졌던 것 같아요. 나 자신에게 몰입하는 건 정말이

지 가장 무섭고 두려운 거예요. 원래 이 세상은 뭐든 밖을 보는 것보다는 안을 보는 게 훨씬 위험하잖아요.

그리고 이제야 깨달았어요. 이 세상을 구원하려면 자기 밖보다 자기 안을 먼저 들여다보아야 한다고요. 그게 인간이든 신이든 공통적이지 않을까 생각합니다. 나를 아는 것이 곧 세상을 구하는 길 아닐까요? 자꾸만 생각하게 됩니다.

나는 가네코의 눈빛이 왜 그렇게 깊어지고 반짝였는지 알 것만 같은 기분이 들었다. 그녀는 이제 이 세상의 모든 불합리와 폭력과 억압에 맞서 싸우는 게 아니라 자기 자신으로부터 밀어내고 있다는 것을. 그리고 자기 자신을 구원해서 결국 이 세상을 구원하려고 한다는 것을.

이 편지를 마지막으로 이제 변호사님께 더 이상 연락하지 않겠습니다. 이 작고 우스운 여자를 이제 그만 잊어주세요.

나는 편지를 쥐고 몸을 떨었다. 불길한 예감이 스쳤다. 무언가 일어났다. 옷을 갈아입고 자시고 할 필요도 없이 서둘러서 사무실을 나서려고 했다.

바로 그때 전화가 울렸다.

4

검안서

이름 / 가네코 후미코

성별 / 여

출생연월일 / 1902년 1월 25일

직업 / 인삼 행상

사망 종류 / 자살

병명 / 액사(縊死)

발병연월일 /

사망연월일 / 1926년 7월 23일 오전 6시 40분경

사망 장소 / 도치기 현 시모쓰가 군 도치기초 다이지 도치기 19번지

위를 증명함

1926년 7월 23일

우쓰노미야 형무소 도치기 지소 촉탁의사 아와다쿠치 도미조

나는 불길한 예감을 했으면서도 이런 따위의 엉터리 경위서는 도저히 믿을 수 없었다.

액사의 경우, 그러니까 목을 매달아 죽었다고 한다면 마땅히 그 방법이 서술되어야 한다. 그리고 사망자의 발견 상황이 묘사되어

있어야 한다.

그런데 형무소 측의 발표는 엉망이었다. 몇 가지가 서로 틀리게 발표되었다.

처음에는 노끈 만들기 노동을 하다가 그 끈으로 목을 매었다고 했다가 그다음에는 허리띠로 둔갑을 하더니, 죽은 시간도 처음에는 오전 6시라고 하니까 형무소의 모든 인원이 깨어나야 할 시간이므로 다시 바꿔서 급기야 새벽에 죽었기에 이미 아침에는 죽은 상태로 발견되었다고 했다.

나는 독방에 갇힌 죄수가 노끈 만들기 노동을 한다는 게 이치에 맞지 않는다고 생각했다. 그러나 형무소 측은 자세한 내막을 절대 알려줄 수 없다고 버텼다.

형무소의 규칙이기도 하고 사망자나 그의 가족에게 해가 된다는 것이었다. 심지어 시신조차 보는 것을 허락해주지 않았다.

그래서 나는 형무소로 달려갔지만 그녀의 모습을 볼 수 없었다. 형무소 측과 미친 듯이 싸웠지만 아무 소용이 없었다. 형무소장을 비롯한 모두가 이미 결속해서 입을 맞추고 있었다. 아마도 상부에서 긴밀한 지령이 내려온 것 같았다.

"상부의 지침이다."

사망 판정을 내린 의사를 만나게 해달라고 해도 절대 만나게 해줄 수 없다고 완강하게 거절했다. 어쨌거나 자세한 건 말해줄 수 없다. 사망만이 사실이다. 자살은 맞다. 그러나 확인해주지 않겠다.

무슨 수작인지 복장이 터질 일이었다.

나는 스스로 진정하고 잘 수습하는 게 내 의무라고 생각해서 침착하려고 했지만 일의 두서가 잡히지 않았다. 얼이 빠졌다고 표현하면 딱 맞을 상태였다.

마지막 모습조차 볼 수 없다니. 마치 허깨비를 지운 것처럼 허망하게.

나는 절망적인 기분으로 교섭을 중단해버리고 형무소를 나왔다. 전보를 받은 가네코의 어머니와 내 연락을 받은 구리하라가 형무소로 달려왔다. 나는 두 사람과 의논해서 형무소 측에 시신의 인도를 요구했지만 며칠이고 허가는 나오지 않았다. 그래서 도치기초의 여관에 묵으면서 계속 시신의 인도를 허가해줄 때까지 기다렸다.

시신의 인도 허가는 일주일이나 지나서 겨우 나왔다. 그런데 시신을 인도받을 장소를 안 나와 구리하라는 충격을 받았다.

그들은 가네코의 시신을 일찌감치 이에나가촌에 있는 형무소 공동묘지에 매장해버렸던 것이다.

나와 구리하라, 그리고 몇몇 동지들은 부랴부랴 공동묘지로 가서 시신을 발굴했다. 그러나 이미 일주일이나 지나서 도무지 알아볼 수 없을 지경이었다.

우리는 그녀의 시신을 화장터로 운반했다. 그러고는 그녀의 몸을 불에 태웠다.

그녀의 유품들을 찾았지만 대부분이 형무소 측에서 없애버리고 책갈피에 있던 하이쿠 몇 편만이 겨우 손에 들어왔다.

그녀의 하이쿠를 보면 충분히 지속적인 학대가 있었음을 알 수 있다. 어떻게 해서든 전향을 시키기 위해서 독방에 가두고 평소에도 가죽 수갑을 채워서 괴롭혔던 것이다.

그럼에도 불구하고 그녀는 점점 더 자유로워졌다. 몸이 묶인 만큼 더 정신은 자유로워졌다.

가죽 수갑을 차고 어두운 방에 처박힌 밥벌레
단 한마디의 거짓말도 쓰지 않으려니
있는 것을 다만 있는 그대로 쓴 것뿐인데
감옥의 관리는 투덜대면서 빼버리는구나
말하지 않는 게 그렇게 마음에 들지 않는다면
왜 사실을 없애버리지 않는다는 말인가
손발은 비록 부자유스러워도
죽겠다는 의지만 있으면 죽음은 자유로운 것
하지만 손발이 묶여 있음에도 죽은 건
'우리들의 과실이 아니다' 고 말할 터인데
죽이고서도 어떻게든 책임을 회피하려는 모습
참으로 끔찍하구나

5

유골을 집에 옮겨두고 나는 박열을 만나러 지바 형무소로 갔다. 특별면회는 허가되지 않아서 일반면회를 신청하고 좁은 면회실에서 간수의 입회하에 그를 만날 수 있었다.

박열은 피골이 상접한 모습이었다. 참으로 신기한 것이 박열도 가네코처럼 두 눈이 몹시 반짝거렸고 시선이 강렬했다.

"몸은 괜찮은가?"

"괜찮습니다."

박열은 여전한 태도로 활짝 웃었다. 세간에서는 못 이기는 체 사면장을 받아들였다고 떠들었지만 사실 박열은 사면장을 받자마자 단식에 돌입했다. 그래서 지바 형무소로 이감할 때에는 들것으로 옮겨야 했을 정도였다. 그는 스스로를 단두대에 올리는 심정이라고 했다.

"그보다 요즘 가네코에게 편지가 전달되지도 않고 가네코의 편지도 제게 오지 않습니다. 이유를 아십니까?"

나는 가슴이 철렁했지만 태연히 되물었다.

"언제부터?"

"이감된 뒤부터 이제까지입니다."

저 유치한 놈들이 두 사람의 편지 왕래를 끊어버린 것이다.

"그랬구먼."

"알아봐주실 수 있으십니까?"

"요즘은 좀 먹는다고 들었네만."

"가네코와 연락이 되지 않아서 일단 체력을 회복해야 하겠다고 생각했습니다. 한번쯤은 보아야지 싶어서요."

아. 나는 무슨 말을 해야 할지 몰라서 바보처럼 고개만 연신 끄덕였다. 그러다가 간수가 시계를 흘끗 보기에 이제는 말해야겠다 싶었다. 사실은, 사실은, 사실은…….

빠르고 간단하게 말해버렸다.

"가네코가 죽었네."

찰나의 순간이 영원할 것처럼 무거운 침묵이 되어서 흘렀다. 한마디를 내뱉는 순간이 길고도 긴 시간처럼 느껴졌다.

박열은 아무 말도 하지 않고 그냥 나를 무서운 눈으로 쏘아보았다. 나는 그 눈을 마주치기가 무서워서 괜히 벽에 걸린 시계를 보면서 다음 말을 이었다.

"자살일세."

더는 그 자리에 있고 싶지 않아서 홱 돌아서서 면회실 문을 열고 나섰다. 등 뒤로 문이 닫히고 문 안쪽에서 갑자기 괴상한 소리가 들려왔다.

울음소리도 아니고 비명도 아닌 이상한 소리였다. 마치 무서운 이야기 속의 어떤 이름 모를 짐승이 울부짖는 듯한 괴성이었다.

귀를 막았다. 갑자기 경전에서 읽은 붓다의 말이 생각났다.

만물은 사라진다. 항상한 것은 없다. 부단히 노력하여 스스로를 구원하라. 스스로의 등불이 되어라.

경전은 그저 경전이다. 어쩌면 우리는 그저 한 마리 짐승인지도 모른다. 가네코도 박열도 나도, 너희들도.

에필로그

바다는 온통 시뻘겋게 물들어 있었고 관부연락선은 노을 속으로 뛰어들듯이 나아가고 있었다.

나는 갑판에 앉아서 멀어져가는 항구를 바라보았다. 멀리서 보면 참으로 아름답고 평화로워 보이는 게 도시 아닐까. 누군가의 눈물과 땀으로 만들어진 도시. 그래서 자연보다 더 정다워 보이는 풍경.

그러나 저 도시의 이면에서는 젊은 여자의 유해 상자 하나 때문에 헌병대가 출동하고 경찰들이 긴 칼을 휘두르고 젊은 아나키스트들이 목숨을 걸고 달려들어야 했다. 천신만고 끝에 유해를 배에 싣기는 했지만 여전히 도처에서 위협하는 눈길들을 느끼지 않을 수 없다.

저 도시는 그런 곳이다. 저 '시모노세키'라는 항구는 수많은 조선인들의 눈물과 피가 물든 곳이다. 그러니 저렇게 아름다워서는 안 된다.

옆에 앉아서 출렁이는 바닷물을 내려다보던 젊은 아나키스트가

하모니카를 불기 시작했다. 처음 듣지만 곡조가 구슬프다.

아리랑이라는 노래입니다. 조선 사람들 노래지요. 구슬프구먼. 노동요치고는 그렇지요. 노동요였던가. 네, 가네코가 가르쳐주었습니다.

가네코……. 천황에 대적한 반역자에게 봉분을 높일 수 없다고 해서 지면과 같은 높이의 평평한 무덤이 되어야 한다고 협박하는 유치한 놈들과의 싸움, 그녀를 사랑한 동지들의 유해 탈취 사건, 정부의 감시하에 이송해야만 했던 유해……. 그녀는 결국 죽어서도 온 세상의 눈길을 벗어나지 못하고 있다. 그만큼 그녀는 사회 전반에 걸쳐 영향력이 큰 여자다.

밤이 깊어지고 하늘의 별들이 쏟아질 듯 반짝이는 밤이 되어도, 해무로 바로 옆 사람의 어깨조차 보이지 않는 새벽에도 나와 젊은 아나키스트들은 갑판을 떠나지 않았다.

우리는 서로 많은 이야기를 나누지 않았지만-마치 내가 박열과 침묵으로 모든 것을 주고받았듯이-서로의 가슴속 깊은 곳을 이해했고 공유했다.

그렇게 하룻밤을 보내고 마침내 아침 빛을 받으면서 서서히 육지가 나타났다. 조선의 항구가 멀리서 우리를 맞이하려고 잠에서 깨

어 기다리고 있었다. 조선은 내게 끝없이 멀고 먼 인생길이었는데, 현해탄은 불과 하루면 건너가는 바닷길이었다.

조선의 아침 빛을 바라보면서 우리 모두는 가네코의 번쩍이던 눈빛을 떠올렸다.

인류는 결국 가네코처럼 스스로가 스스로를 구원해내는 방법밖에는 없다. 그리고 스스로를 구원해내면 스스로가 하나의 등불이 될 것이고, 그 등불이 하나둘 모여서 이 세상을 구원할 빛이 되는 것은 아닐까.

방법은 그뿐이다. 내가 하나의 등불이 되는 것.

후기

《한련화》 이후 나를 가장 괴롭혔던 작품이다. 3년 전 어느 겨울날 점촌 터미널에 앉아서 시작하겠다고 마음먹었을 때는 이렇게 힘든 작품이 되리라고는 생각 못했다.《한련화》에서 물었던 '국가는 나에게 무엇인가' 하는 질문을 다시 하는 작업이 아니라 '나는 국가에게 무엇인가' 하는 질문을 해야만 했던 모호한 작업이었다.

원고를 쓰는 동안 우리가 사는 세상은 전에 없이 큰 변화를 겪었다. 지난겨울은 원고를 집어치우고 겨울 내내 광장에 나가야만 했다. 수많은 등불들을 보면서 나는 항상 불안해했다. 한 개인과 다른 개인이 함께 등불이 되어 서 있지만 과연 우리는 끝까지 이 느슨한 연대를 지켜낼 수 있겠는가.

작품을 끝내는 이 순간에도 나는 나 자신을 향해 불안한 시선을 보낸다. 지금은 떠나고 없는 한 정치가가 나에게 가르쳐준 '가지고 있으면서도 몰랐던 힘'을 나는 끝내 지킬 수 있는가.

나는 이제 다시 묻는다. 우리가 진정으로 구원받으려면 우리는 끝없이 되물어야 한다.

'나는 너에게 무엇인가.'

2017년 봄,

내포에서 손승휘

떠나라 그래야 보인다

송진구 지음 | 자기계발 · 에세이 | 328쪽 | 16,000원

당신은 행복한 인생길을 가고 있는가?
이 책은 국내 최고 명강사 중 한 분인 송진구 교수의 '떠남'에 관한 이야기다. 평소 성공과 희망의 비법을 쉽고 재미있게 논리적으로 풀어내어 답답한 사람들의 마음을 시원하게 뻥 뚫어주었던 그는 이 책을 통하여 지금까지 했던 이야기와는 또 다른 차원의 성공과 희망 비밀을 파헤쳐준다. 그것은 떠남을 통하여 깨달은 성공적 인생길 완주에 관한 비법이다.
여행길은 마치 인생길에 비유할 수 있다. 여행에서 겪는 경험 또한 인생길에서 겪는 경험에 비유할 수 있다. 따라서 여행길은 인생길의 축소판! 송진구 교수는 이처럼 떠남에서 배운 지식과 철학을 인생길에 접목하여, 지금의 어려움에서 벗어나는 비밀은 물론 인생길 성공의 비법을 제시한다.

밥상 위의 한국사

민병덕 지음 | 인문 · 역사 | 352쪽 | 15,800원

미처 알지 못했던 먹을거리에 담긴 역사 이야기

사람이 살아가는 데 먹는 문제보다 더 중요한 것이 있을까? 근대 민주주의의 기초를 이룬 사건 중 하나인 프랑스대혁명도 작은 '빵' 때문에 일어난 것을 보면, 먹는 문제가 얼마나 중요한지 실감할 수 있다.

이 책은 우리나라 사람들의 주식(主食)인 밥부터 즐겨 먹는 술·떡·김치·차 등과 만병통치약으로 알려진 우황청심환에 이르기까지 우리 한민족과 떼려야 뗄 수 없는 대표적인 먹을거리 32가지를 다루면서, 그것과 관련된 역사적 사건까지 서술하였다. 사람이 살아가는 데 필수적인 의식주, 그중에서도 가장 중요한 음식의 유래를 비롯하여 그것과 관련된 역사적 사건까지 서술함으로써 단편적인 역사에 그칠 먹을거리에 다양한 역사가 담겨 있음을 알려주고 있다.

꾸밈의 한국사

민병덕 지음 | 인문 · 역사 | 근간

미처 알지 못했던 꾸밀 거리에 담긴 역사 이야기
사람이 살아가는 데 가장 기본인 의식주. 이 중 먹는 것도 중요하지만 그에 못지않게 중요한 것이 바로 자신을 꾸미는 일이다. 꾸밈은 겉으로 드러나는 아름다움이나 신분을 과시하는 수단일 뿐만 아니라 민족 정서의 표현이기도 하다.
의복을 비롯하여 화장, 비녀·귀걸이·목걸이·노리개 따위의 장신구 등 좀 더 아름다워지고 싶은 인간의 본능이 만들어낸 각종 꾸밀 거리들의 이야기가 흥미롭게 펼쳐진다. 저자는 고려시대 배원 정책의 일환으로 사용하기 시작한 면류관, 일본에 대한 저항을 상징했던 흰옷, 항일운동의 상징인 '아리랑'과 '강강술래'를 우리 민족의 하나 됨을 보여주는 꾸밈의 한 방식으로 보고, 그것과 관련된 역사적 사건을 풍부한 사료를 바탕으로 재미있고 쉽게 풀어낸다. 꾸밀 거리에 얽힌 다채로운 이야기와 역사가 이 한 권에 오롯이 담겨 있다.

震災の混乱に乗じ
鮮人の行った兇暴
中には婦人凌辱もある

少女を凌辱

大倉邸附近に放火

新愛知 號外

不逞鮮人一千名と
横濱で戦闘開始

關東一帶
朝鮮人

碓氷峠の上から
列車爆破を企つ
松井田驛で逮捕された
不逞鮮人の自白

鮮人暴動の

鮮人の大陰謀